Victor Hugo

Le Théâtre en liberté :
L'Intervention (1866)

Texte intégral

LE DOSSIER
Un vaudeville engagé

L'ENQUÊTE
Le vêtement sous le Second Empire

Notes et dossier
Étienne Plume
Agrégé de lettres modernes

Collection dirigée par
Bertrand Louët

Sommaire

Femme au perroquet,
dessin de Victor Hugo
(XIXe siècle).

© Hatier, Paris, 2011
ISBN : 978-2-218-94876-3

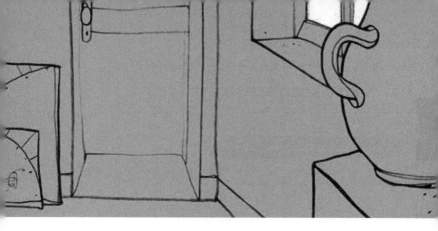

Le Théâtre en liberté :
L'Intervention

LE DOSSIER
Un vaudevillle engagé

L'ENQUÊTE

Qui sont les personnages ?

Les personnages principaux

La pièce met en scène deux couples qui seront tentés, comme dans les vaudevilles, par l'adultère. Les personnages principaux, bien distincts, incarnent quatre types différents.

EDMOND GOMBERT
Ouvrier pauvre mais spécialisé, il peint des éventails dans une mansarde et souhaite faire de la politique pour réduire les effets de la pauvreté.

MARCINELLE, SA FEMME
Ouvrière venue de Valenciennes pour travailler à Paris, elle est une dentellière pauvre qui ne s'intéresse pas à la politique.

EURYDICE

Figure de l'artiste entretenue, c'est une ancienne dentellière, autrefois appelée Jeanne, devenue chanteuse, danseuse et professeur de danse.

LE BARON DE GERPIVRAC

Représentant caricatural de la noblesse d'Empire, hostile à la liberté de la presse, il s'occupe de son apparence, de ses profits en bourse et de ses loisirs, et pratique la charité avec cynisme en méprisant les ouvriers.

Un second rôle

Jill : groom du baron auquel Mademoiselle Eurydice jette son châle.

Quelle est l'histoire ?

Les circonstances
L'action se situe dans Paris. Les cinq scènes se déroulent en une heure environ, dans une mansarde. La majorité des références évoque le Second Empire, époque contemporaine à l'écriture de la pièce en 1866.

L'action

1. Edmond et Marcinelle se disputent. Ils s'aiment mais sont jaloux. Pauvres, ils redoutent d'être délaissés pour un homme ou une femme plus riche, mieux habillé(e). Marcinelle sort, on entend une femme chanter dans l'escalier... Celle-ci entre.

2. Eurydice et Edmond éprouvent de l'attirance l'un pour l'autre. Elle donne finalement son bouquet à Edmond qui sort. Marcinelle entre.

Le but

Ce vaudeville à visée argumentative met en scène l'irruption, dans la vie d'un modeste couple d'ouvriers, d'un riche baron et de sa compagne. L'amour honnête des deux ouvriers est mis à rude épreuve mais triomphe finalement sur les séductions de la richesse et la tentation de l'infidélité.

Le Bourgeois et l'Ouvrier,
gravure de J.-P. Moynet (1848).

3. Marcinelle voit le bouquet, cela la rend jalouse. Elle et Eurydice se reconnaissent : elles étaient amies d'enfance. Marcinelle lui rend le châle qu'elle a réparé pour elle ; Euridyce le lui prête. Le baron de Gerpivrac entre...

4. Marcinelle et Eurydice envisagent d'échanger leurs rôles. Avant de partir avec Eurydice, le baron convient d'un code : si la fenêtre reste ouverte, il reviendra. Marcinelle, restée seule, songe à son amour pour Edmond. Justement, celui-ci revient.

Qui est l'auteur ?

Victor Hugo en 1862.

Victor Hugo

● UN SUCCÈS IMMÉDIAT

Victor Hugo naît en 1802 d'un père général des armées de Napoléon et d'une mère royaliste. À vingt-cinq ans, il a déjà fondé un journal, obtenu une pension de Louis XVIII, publié un recueil de poèmes, un roman et une pièce dont la préface fera date : *Cromwell*. Dans les années 1830, il se fait connaître par ses succès au théâtre (avec notamment *Hernani*) et publie plusieurs recueils de poésie lyrique. Il accède aux honneurs officiels en étant élu à l'Académie française, puis nommé pair de France.

● UN HOMME POLITIQUE CONDUIT À L'EXIL

Élu à l'Assemblée sur les bancs de la droite, il s'intéresse aux causes sociales, en soutenant la candidature de Louis Napoléon Bonaparte à l'élection présidentielle. Mais Hugo, déçu, s'oppose à celui-ci, devenu Napoléon III, avant de devoir fuir vers Bruxelles, et de devenir proscrit, exilé à Jersey puis Guernesey. C'est là qu'il écrit *Les Châtiments*, un recueil de poèmes satiriques, épiques et politiques, mais aussi *Les Contemplations* et *Les Misérables*.

● 1866 : *L'INTERVENTION*

Hugo exilé, son théâtre est censuré jusqu'en 1867. Il écrit alors des pièces très variées qui composent son « théâtre en liberté », dont l'un des sous-titres devait être « La Puissance des faibles » et l'autre, « La Victoire des Petits ». *L'Intervention* ne sera publiée qu'en 1951 ; sa première mise en scène, par Patrice Chéreau et Jean-Pierre Vincent, date de 1964.

	1802	1827	1830	1848	1851	1853
VIE DE HUGO	Naissance de Victor Hugo	Préface de *Cromwell*	*Hernani*	Élu député	Exil	*Les Châtiments*

	1802	1804	1830	1834	1848	1852-1870
HISTOIRE	Concordat. Bonaparte devient consul à vie	Premier Empire	Monarchie de Juillet	Musset, *Lorenzaccio*	IIᵉ République. Louis Napoléon Bonaparte président	Second Empire

Que se passe-t-il à l'époque ?

Sur le plan politique

● LA RÉVOLUTION AVORTÉE

En 1848, la révolution établit
la IIe République, abolit l'esclavage
et la peine de mort. Mais les émeutes
ouvrières sont réprimées. Une loi
répressive sur la presse est votée en
1849. Puis une loi électorale exclut
les pauvres.

● LE SECOND EMPIRE

Après le coup d'État du 2 décembre
1851, le Second Empire est proclamé
en 1852. Louis Napoléon Bonaparte,
élu au suffrage universel en 1848,
devient Napoléon III.
Il réprime la résistance, ce qui conduit
à l'exil ses opposants, dont Hugo.

● LE MOUVEMENT OUVRIER

À la Chambre des députés, Hugo
prononce en 1849 son *Discours sur
la misère*. La première Internationale
(Association internationale
des travailleurs), dirigée par Karl
Marx, est fondée à Londres en 1864.

Dans le domaine des lettres

● LE THÉÂTRE

Le théâtre, moyen le plus sûr
de connaître la célébrité, est placé
sous la surveillance de la police.
De nouvelles formes de théâtre
triomphent, comme le mélodrame,
la féerie, la comédie réaliste
et le vaudeville.

● LE VAUDEVILLE

Le vaudeville, genre à la mode
qui remplace la comédie classique,
présente un comique léger, mêlé
de chansons. Les coups de théâtre
et les péripéties y sont nombreux.
Les thèmes principaux sont l'argent
et l'adultère. Labiche en est un célèbre
représentant.

● LES PERSONNAGES OUVRIERS

Les ouvriers entrent dans
les romans feuilletons, comme
Les Mystères de Paris d'Eugène Sue
(1843) ou *Les Misérables* de Hugo
(1862), mais aussi au théâtre.

1862	1866	1869	1870	1885
Les Misérables	*L'Intervention*	*L'homme qui rit*	Retour d'exil	Mort de Hugo

1864	1867	1871	1881	1884
Première Internationale	Marx, livre I du *Capital*	Commune de Paris	Zola, *Le Naturalisme au théâtre*	Lois sur les libertés syndicales

Le Théâtre en liberté : L'Intervention

L'Intervention

Comédie

PERSONNAGES

EDMOND GOMBERT.

MADEMOISELLE EURYDICE●.

MARCINELLE●, *sa femme.*

LE BARON DE GERPIVRAC.

Une chambre mansardée. Mobilier très pauvre. À côté l'un de l'autre deux métiers[1], un métier à dentelle, et un outillage d'éventailliste●. Quelques éventails ébauchés épars sur une table de bois blanc. Dentelles en train parmi les éventails. Deux chaises de paille. Une commode de bois blanc. Un placard dans le mur. Une petite fenêtre. Cheminée sans feu. C'est l'été. Un lit de sangle[2] dans un coin. Au fond une porte. À gauche une autre porte plus petite. Un pot à l'eau[3] sur la cheminée.

1. **Métier ou métier à tisser** : machine servant à confectionner un tissu.
2. **Lit de sangle** : lit dont le fond est constitué de bandes de toile inextensible.
3. **Pot à l'eau** : pot rempli d'eau, servant à verser l'eau à table, ou servant à verser l'eau pour la toilette.

● « Le nom « Marcinelle » est peut-être un indice de sa profession à travers un jeu de mots et une paronomase : en effet, la « marceline » est un type de tissu de soie.

● « Mademoiselle » désigne une jeune fille ou une femme (présumée) non mariée. Mais s'emploie aussi dans le milieu du théâtre pour désigner une actrice, même mariée.

● De la conception à l'assemblage en passant par la réalisation de la monture et de la feuille, fabriquer un éventail demande une vingtaine d'opérations dont l'éventailliste est le chef d'orchestre.

SCÈNE PREMIÈRE

❦

EDMOND GOMBERT. *Blouse. Képi[1] sur la tête.*
MARCINELLE, *robe de cotonnade commune avec camail[2] pareil.*

EDMOND GOMBERT. – Fi, la jalouse !

MARCINELLE. – Fi, le jaloux !

EDMOND GOMBERT. – Voyons. La paix. Embrasse-moi.

MARCINELLE. – Non.

5 EDMOND GOMBERT. – Tu ne m'aimes donc pas ?

MARCINELLE. – Je t'adore.

EDMOND GOMBERT. – Hé bien, alors ?

MARCINELLE. – Je te déteste.

EDMOND GOMBERT. – Pourquoi ?

10 MARCINELLE. – Parce que je t'adore.

EDMOND GOMBERT. – Marcinelle, veux-tu m'embrasser ?

MARCINELLE. – Où est mon carton ? Je suis en retard. Il faut que j'aille porter mon ouvrage.

EDMOND GOMBERT. – *Au moment où elle va prendre son carton, il*
15 *lui saisit doucement le bras.* – Promets-moi que tu ne me feras plus de scènes ?

MARCINELLE. – Promets-moi que tu ne seras plus jamais bête.

EDMOND GOMBERT. – Quel est le plus bête de l'homme jaloux ou de la jalouse ?

20 MARCINELLE. – C'est toi.

1. **Képi** : sorte de casquette militaire, portée aussi par des civils.
2. **Camail** : vêtement court, sans manches.

EDMOND GOMBERT. – Non, c'est la femme.

MARCINELLE. – Je te dis que c'est toi qui es bête.

EDMOND GOMBERT. – La femme jalouse a l'air d'avouer qu'elle n'est pas jolie.

25 MARCINELLE. – Et l'homme jaloux avoue qu'il n'est pas spirituel.

EDMOND GOMBERT. – C'est égal, tu es jolie, Marcinelle. Tu l'es trop.

MARCINELLE. – Et toi !... mais je ne veux pas te gâter. Je ne te dirai pas ce que je pense. Il ne faut jamais donner d'avantages aux
30 hommes. Ils en abusent. Voyons. Es-tu toujours jaloux ?

EDMOND GOMBERT. – Oui. Et toi, es-tu toujours jalouse ?

MARCINELLE. – Non. Mais que je te voie regarder une femme !

EDMOND GOMBERT. – Ah ! Si nous n'étions pas pauvres, nous ne serions pas jaloux.

35 MARCINELLE. – C'est vrai. Je sais bien que je ne suis pas affreuse, mais ma robe est laide. Tu vois des femmes mieux mises que moi, et cela m'inquiète. Je n'ai pas de quoi acheter toutes les choses nécessaires sans lesquelles une femme n'est pas une femme, les rubans, les chiffons, les fanfreluches[1], l'assaison-
40 nement, quoi ! Je ne suis pas assez riche pour être jolie. Un manche à balai sur lequel il y a une robe de soie me fait concurrence, et j'ai peur de toutes les toilettes qui passent, et que tu peux voir.

EDMOND GOMBERT. – Eh bien, et toi, qui regardes caracoler sur le
45 boulevard des idiots en bottes vernies, crois-tu que cela m'amuse, moi homme en blouse[2] ! Ces idiots sont jolis.

---

1. **Fanfreluches** : petits ornements voyants de la toilette féminine, tels que broderies, dentelles, nœuds, volants.

2. **Blouse** : vêtement de travail porté par les paysans, les ouvriers, les marchands pour protéger leurs vêtements.

MARCINELLE. – Ah ! les autres femmes, quelles parures, quels équipages¹, quels tapages ! Comme on est facilement belle avec ces toilettes-là ! Comme elles prennent le mari et l'amant de
50 leur prochaine. Ce ne sont que des poupées pourtant, et moi j'ai un cœur.

EDMOND GOMBERT. – Oh ! je vois bien des désavantages, va ! tes mirliflores² ont des gants blancs●, et moi j'ai les mains noires du travail. Fainéants !

55 MARCINELLE. – Te rappelles-tu notre petite fille ?

EDMOND GOMBERT. – Marcinelle ! – Ah ! c'est mon songe de tous les instants.

MARCINELLE. – Quand elle jouait là, te la rappelles-tu ?

EDMOND GOMBERT. – Avec sa petite robe blanche.

60 MARCINELLE. – Que je savonnais moi-même.

EDMOND GOMBERT. – Et dont tu avais fait les dentelles.

MARCINELLE. – Elle essayait de parler. Comme elle nous faisait rire ! Au lieu de dire : *bonjour*, elle disait *azor*. Te rappelles-tu ?

EDMOND GOMBERT. – Nous sommes bien pauvres, et pourtant avec
65 sa robe blanche à dentelles, elle avait l'air d'une petite reine. Oh ! le croup³ !

MARCINELLE. – Elle n'avait que deux ans.

EDMOND GOMBERT. – Deux ans. C'est une drôle de chose que le bon Dieu ne puisse pas prêter un ange plus longtemps que
70 cela.

1. **Équipages** : habits, toilettes.
2. **Mirliflores** : jeunes gens élégants et prétentieux (familier).
3. **Croup** : laryngite souvent mortelle aux enfants du XIXᵉ siècle.

● Au XIXᵉ siècle, on porte des gants foncés le matin, en demi-teinte pour les visites, couleur paille ou beurre frais pour les sorties au théâtre, mais blancs pour le bal.

MARCINELLE. – Chérubin[1], va ! – Tu sais bien ce placard !

Elle montre un placard dans le mur.

EDMOND GOMBERT. – Eh bien ?

MARCINELLE. – J'ai là sa petite robe. Veux-tu la voir ?

75 EDMOND GOMBERT. – Non. Je pleurerais. Et j'ai besoin de mes yeux pour travailler. – À l'ouvrage, allons.

MARCINELLE. – Et moi, je vais reporter le mien en ville. Je pars avec mon carton. Ah ! on doit venir aujourd'hui chercher le châle de point de Bruxelles[2] que j'avais à raccommoder, il est

80 fini. C'est la femme de chambre qui l'a apporté, mais elle a dit que la dame viendrait peut-être le chercher elle-même. Si l'on vient, tu le remettras à la personne. Le voilà.

Elle tire de la commode un grand châle de dentelle et l'étale au dos d'une chaise. Edmond Gombert s'assoit à sa table de travail et se remet

85 *à peindre un éventail à demi ébauché.*

Si l'on demande à payer tu recevras l'argent, il y a dix jours d'ouvrage, c'est dix francs●. Et puis je m'en vas●. Maintenant embrasse-moi.

Elle s'approche pour l'embrasser. Il la regarde.

90 EDMOND GOMBERT. – Où est-ce que tu vas ?

MARCINELLE. – Porter mon ouvrage.

EDMOND GOMBERT. – Mais où ?

---

1. **Chérubin** : petit ange (terme affectueux).
2. **Châle de point de Bruxelles** : pièce d'étoffe carrée ou triangulaire que les femmes portent sur leurs épaules en la croisant sur la poitrine, ici, en dentelle.

● Les historiens ne s'accordent pas sur la valeur du franc par rapport à notre monnaie actuelle. Nous retenons une valeur moyenne : ce franc équivaut à peu près à cinq euros.

● Forme familière de « je m'en vais » qui suggère l'origine provinciale de Marcinelle et son métier d'ouvrière.

MARCINELLE. – Rue Duphot. Au grand magasin de blanc[1] au coin du boulevard.

95 EDMOND GOMBERT. – Tu vas encore passer par le boulevard !

MARCINELLE. – Par où veux-tu que je passe ?

EDMOND GOMBERT. – Pas par là.

MARCINELLE. – Pour aller sur le boulevard, il faut passer par le boulevard.

100 EDMOND GOMBERT. – Je ne veux pas. C'est le chemin des Champs-Élysées et de la Porte Maillot.

MARCINELLE. – Après ?

EDMOND GOMBERT. – L'autre jour je t'ai suivie. Tu en as regardé un.

105 MARCINELLE. – Un quoi ?

EDMOND GOMBERT. – Un beau[2].

MARCINELLE. – Un beau ?

EDMOND GOMBERT. – Un de ces affreux beaux du Bois de Boulogne. Un escogriffe[3] avec un petit carreau[4] dans le coin de l'œil, un

110 grand dadais à cheval avec une cravache et l'air d'une brute. Crétin ! Je t'en donnerai de la cravache, moi. Marcinelle, tu t'es arrêtée pour le regarder piaffer.

MARCINELLE. – Piaffer qui ? l'homme ?

EDMOND GOMBERT. – Non, le cheval. Tu es restée là plus de cinq

115 minutes à admirer. Je t'ai vue.

MARCINELLE. – En voilà, des choses. J'aime ça d'un homme qui passe sa vie à faire les yeux doux aux femmes du premier d'en face sur leur balcon.

---

1. **Magasin de blanc** : magasin dans lequel on vend du linge.
2. **Un beau** : homme d'une élégance recherchée.
3. **Escogriffe** : individu dont l'allure louche incite à la méfiance.
4. **Carreau** : monocle qui peut ne pas corriger la vue et n'être porté que par souci d'élégance pour suggérer une haute classe sociale.

EDMOND GOMBERT. – Allons, bon ! encore une scène.

120 MARCINELLE. – C'est vous● qui la faites.

EDMOND GOMBERT. – Non. C'est vous.

MARCINELLE. – Des femmes qui ont des volants●insensés. Quand je pense que je n'ai qu'un mauvais chapeau de paille cousue l'hiver comme l'été et que vous me refusez un pauvre petit

125 bonnet à fleurs !

EDMOND GOMBERT. – Ce n'est pas moi qui refuse. C'est la pauvreté●.

MARCINELLE. – Il ne coûte que douze francs.

EDMOND GOMBERT. – Je n'ai pas douze sous[1].

MARCINELLE. – Avare !

130 EDMOND GOMBERT. – Coquette !

MARCINELLE. – Bien ! voilà les injures à présent. Continuez.

EDMOND GOMBERT, *se levant de sa chaise*. – Tenez, je crois décidément que nous ne pouvons pas vivre ensemble. Nous avons eu tort de nous marier. Nous aurions mieux fait, moi de rester

135 garçon, vous de rester fille.

MARCINELLE. – Toujours vos mots blessants. Vous ne pouvez pas dire rester demoiselle[2] ? Ah ! ces gens du peuple !

EDMOND GOMBERT. – Les bourgeois disent ça, une demoiselle. Moi je dis une fille. Je ne suis pas un bourgeois, moi.

---

1. **Sou** : représente un vingtième du franc, soit cinq centimes (environ vingt-cinq centimes d'euro).
2. **Rester fille ou demoiselle** : rester célibataire. Mais une « fille » est aussi quelqu'un qui se prostitue. Une « demoiselle » est une jeune fille née de parents nobles ou de la bonne bourgeoisie ; « rester demoiselle » a donc une connotation moins triviale.

● Les personnages se vouvoient pour montrer leur distance quand ils se font une scène de ménage.

● Ces volants donnent plus d'ampleur aux jupes qui prennent une forme de cloche.

● Hugo utilise ici une métaphore qui transforme cette idée en personnage. L'allégorie ainsi créée rend la scène plus pathétique.

140 MARCINELLE. – Cela se voit. Je vous dis que vous parlez comme le peuple.

EDMOND GOMBERT. – Cela tient à ce que j'en suis. Oui je suis du peuple et je m'en vante. Je pense comme le peuple et je parle comme le peuple. J'ai les bons bras du courage et j'ai le bon

145 cœur de l'honnêteté. Quand est ce donc qu'on en finira ? Je travaille, je ne m'épargne pas, et je ne peux pas parvenir à joindre les deux bouts. L'autre jour j'ai vu passer un général, tout chamarré[1], le poste a pris les armes[2], pourquoi lui rend-on des honneurs à celui-là ? Ils ne savent pas ce qu'ils disent à la

150 Chambre●. Ils ne vont pas au but. Je dois deux termes[3], moi. Vous gagnez quinze ou vingt sous par jour avec votre dentelle, vous vous brûlez les yeux, et moi trois francs avec mes éventails. Et il y a du chômage. Et il faut se fournir de la matière première. Voilà ma femme, je l'aime. Eh bien, je suis forcé de lui refuser

155 un méchant chiffon de bonnet.

MARCINELLE. – Parce que je serais jolie avec, parce qu'il y a des fleurs dessus, par jalousie.

EDMOND GOMBERT. – Par misère. Nous n'avons à nous que ces meubles de quatre sous. Un grabat[4], quoi ! tout juste ce qu'il faut

160 pour ne pas coucher par terre. Notre enfant est mort, parce que le médecin est venu tard. On ne se presse pas pour les pauvres gens. Ah ! le jour où je ferai de la politique, cela ira autrement.

---

1. **Chamarré** : couvert de décorations.
2. **Le poste a pris les armes** : les gardes (placés à l'entrée d'une caserne, d'un camp) se sont armés pour rendre les honneurs militaires.
3. **Termes** : échéances du loyer.
4. **Grabat** : lit misérable.

● Il existe deux Chambres (le Sénat, conservateur, et la Chambre des députés, législative). Edmond parle peut-être ici de la Chambre des députés.

En attendant je suis pauvre, et je vois ma femme qui regarde les riches !

165 MARCINELLE. – Je vous dis que c'est vous. Une jupe de soie trotte dans la rue, un manteau de velours[1], un frou-frou[2] de volants, un cachemire[3], une plume, vous tournez la tête. Et vous me querellez pour me donner le change. Toutes les femmes ont de quoi se mettre, moi pas. Je n'ai pas de chaussure aux pieds,
170 des bottines usées qui vont prendre l'eau la première fois qu'il pleuvra. Ah ! je vous connais, allez. Parce qu'il y a des fleurs dessus, et que je serais jolie avec. C'est pour cela que vous me le refusez. Vous voulez que je sois laide. Cela vous plaît. Ah ! les idées fixes ! Et vous me suivez ! Vous venez de l'avouer. C'est
175 vraiment pitoyable de penser qu'on suit une femme dans les rues parce qu'il peut arriver qu'elle s'arrête pour laisser passer des personnes qui sont à cheval, et que c'est le chemin du Bois de Boulogne. Avec cela que je serais flattée que des gens bien mis fissent attention à moi, fagotée comme je suis ! Car je suis
180 fagotée. Sachez, monsieur, qu'on n'a pas besoin, parce qu'on est un homme du peuple, de laisser sortir son épouse habillée comme une misérable. Voyez cette robe. Est ce que vous n'en êtes pas honteux ?

EDMOND GOMBERT. – Vous voudriez me voir honteux de votre robe
185 de toile, et moi je voudrais vous voir fière de ma blouse.

---

1. **Velours** : étoffe rase d'un côté et couverte de l'autre de poils dressés, très serrés.

2. **Frou-frou** : bruit dû au frottement des étoffes sur elles-mêmes. Par extension : pièce de vêtement typiquement féminine.

3. **Cachemire** : étoffe très fine, obtenue par le tissage du duvet des chèvres du Cachemire ou du Tibet.

MARCINELLE. – Votre blouse ! qu'il vienne seulement ici une coquine dans du satin[1] et je ne vous donne pas une heure pour être envieux des beaux habits des imbéciles ! Tenez, je m'en vais, ça finirait mal.

190 EDMOND GOMBERT. – Jaloux, oui. Envieux, non.

MARCINELLE. – Vous entendez, si l'on vient pour le châle de dentelle, vous le remettrez. – Ah ! il faut pourtant que je déjeune avant de partir. Qu'y a-t-il à déjeuner ? *(Elle ouvre le buffet. On y aperçoit un morceau de pain sur une planche.)* – Ça !

195 EDMOND GOMBERT. – Hé bien, du pain.

Il se rassied et se remet à son ouvrage. Marcinelle casse le pain, mord dans une moitié, et laisse l'autre.

MARCINELLE, *tout en mangeant.* – Je vous laisse votre part.

EDMOND GOMBERT. – Mangez tout.

200 MARCINELLE. – Non. Et vous, il faut bien que vous mangiez.

EDMOND GOMBERT. – Je n'ai pas faim.

MARCINELLE. – Je pars. *(S'approchant de lui.)* Voulez-vous m'embrasser ?

EDMOND GOMBERT. – Non.

205 MARCINELLE. – Pourquoi ?

EDMOND GOMBERT. – Je n'ai pas faim, vous dis-je.

MARCINELLE. – C'est bon. *(Elle prend le carton et se dirige vers la petite porte. À part sur le seuil.)* Toujours des querelles ! Pourtant je l'aime ! *(Elle sort.)*

210 EDMOND GOMBERT, *seul.* – Encore une scène, mon Dieu ! Nous ne pouvons pas sortir du malentendu qui est entre nous. Comment

---

1. **Satin** : tissu brillant à l'endroit et mat à l'envers, à l'époque associé au luxe.

cela finira-t-il ? En viendrons-nous à nous séparer ? Je ne jurerais de rien. Nous avons l'air de ne pouvoir point faire ménage ensemble. Eh bien, si elle me quittait, je le sens, je ne pourrais
215   pas vivre sans elle. L'âme partie, que reste-t-il ? Quelque chose qui meurt. Je serais ce quelque chose-là.

Il reprend son travail.

VOIX DE FEMME, *chantant au dehors.*

La voix se rapproche ce qui semble indiquer que la personne qui chante
220   *monte l'escalier.*

La belle, si nous étiomes[1]
    Dedans ce haut bois,
La belle, si nous étiomes
    Dedans ce haut bois,
225 Nous s'y mangeriomes
    Fort gaîment des noix.
Nous en mangeriomes
    À notre loisir.
Nique noc nac muche !
230   Belle, vous m'avez
T'embarlifi – t'embarlificoté[2]
    De votre beauté.
La belle, si nous étiomes
    Dedans ce fourniau...

235 EDMOND GOMBERT. – Qui est-ce qui monte là ?

---

1. **Étiomes** : étions (forme picarde).
2. **Embarlificoté** : version picarde d'« emberlificoté » (amener quelqu'un à ses propres vues, en le séduisant par des paroles ou des promesses, avec l'idée de lui tourner la tête).

LA VOIX, *reprenant.*

> La belle, si nous étiomes
>> Dedans ce fourniau
>
> Nous s'y mangeriomes
240 >> Des p'tits pâtés chauds.
>
> Nous en mangeriomes
>> À notre loisir.
>
> Nic noc nac muche !
>> Belle, vous m'avez
245 > Embarlifi – embarlificoté
>> De votre beauté. *

EDMOND GOMBERT. — Une paysanne ? *(On frappe un petit coup à la porte du fond.)* Entrez.

La porte du fond s'ouvre, on aperçoit Mademoiselle Eurydice. Robe en
250 *yak[1] nuance blonde, à montants de taffetas[2] vert printemps, écharpe pareille très décolletée et tout du long, sur le devant de la robe, boutons de taffetas vert dans une agrafe de guipure[3]. Ceinture de gros-grain[4] vert, soutenant une aumônière[5] de moire[6] verte voilée de guipure. Casquette[7] de paille blonde à plume blanche[8] traversée d'une aile de perroquet.*
255 *Elle tient un volumineux bouquet. Elle s'arrête sur le seuil de la porte et regarde l'intérieur de la mansarde.*

---

1. **Yak ou yack** : mammifère ruminant, aux longs poils soyeux, vivant en Asie centrale ou au Tibet.
2. **Taffetas** : tissu de soie. L'appellation viendrait d'un mot persan (*taftâ*).
3. **Guipure** : dentelle ajourée, sans fond, dont les motifs sont séparés par de grands vides.
4. **Gros-grain** : tissu de soie à côtes épaisses, très en faveur aux XVIIe et XVIIIe siècles.
5. **Aumônière** : bourse attachée à la ceinture, utilisée à mettre de l'argent destiné aux pauvres.
6. **Moire** : tissu à reflets.
7. **Casquette** : la mode vient de se répandre en 1865, pour les femmes, de porter une casquette.
8. **Blanche** : couleur favorite de l'impératrice Eugénie, épouse de Napoléon III.

● Ces couplets sont le premier et le troisième d'une authentique chanson populaire.

SCÈNE DEUXIÈME

EDMOND GOMBERT, MADEMOISELLE EURYDICE.

EDMOND GOMBERT, *à part.* – Une duchesse● pour le moins. *(Il ôte son képi.)* Qu'est-ce que c'est que cette dame ? En voilà une qui est belle. Je n'aime pas ces excès de beauté-là. – C'est comme
260 une lumière brusque dans de la nuit. Cela blesse. Elle arrive mal au milieu de mes idées tristes. Elle doit se tromper de porte. Que peut-elle venir faire dans mon taudis● ?

MADEMOISELLE EURYDICE, *entrant et regardant.* – Tiens, un nid. C'est charmant. Comme c'est pauvre ! On doit être heureux
265 ici. *(Elle s'arrête.)* Cela me rappelle mon autrefois. Il y a ici une odeur honnête. Des chaises de paille, une table en bois blanc, un lit en bois blanc. Comme ça sent bon, le sapin !

EDMOND GOMBERT, *à demi-voix, sombre.* – C'est en sapin qu'est faite la bière[1].

270 MADEMOISELLE EURYDICE. – Des rideaux de calicot[2]. Un pot de fleurs sur la fenêtre. Il faut prendre garde de se cogner la tête.

---

1. **Bière** : cercueil.
2. **Calicot** : toile de coton grossière, de qualité très ordinaire, originaire de Calicut, ville des anciennes Indes anglaises.

● L'élégance est alors si bien associée à la noblesse que le couturier Worth crée des robes surnommées « princesses ».

● Dans une première version, l'auteur avait écrit « grenier » (terme plus neutre qui sera employé par Eurydice). « Taudis » indique une amertume ou une revendication (la notion de « logement minimum » avec normes du cubage d'air et de confort se profile à la fin du XIXe siècle).

Un miroir fêlé. C'est là le bonheur●. *(Se décidant à apercevoir Edmond Gombert.)* Bonjour, monsieur. Qui êtes-vous ?

EDMOND GOMBERT. – Je suis chez moi, madame.

275 MADEMOISELLE EURYDICE. – Je le vois bien. Mais qui êtes-vous ?

EDMOND GOMBERT. – Un ouvrier. Et vous, madame ?

MADEMOISELLE EURYDICE. – Vous êtes curieux.

EDMOND GOMBERT, *à part.* – Qu'elle est belle ! C'est l'entrée d'un éblouissement. Elle est trop belle ! Oh ! ce grand monde. Je le
280 hais.

MADEMOISELLE EURYDICE, *fredonnant.* – Nique, noc, nac, muche. *(À Edmond Gombert.)* Je viens chercher mon châle de dentelle. Est-il raccommodé ?

EDMOND GOMBERT. – Ah ! c'est la personne au châle. – Le voici,
285 madame. Il est prêt. – Quelle drôle de chanson elle chante ! Mais c'est égal, elle est bien jolie. Je ne sais pas ce que j'ai.

MADEMOISELLE EURYDICE, *à part.* – Tiens, il n'est pas mal, ce garçon-là. De grosses mains qui travaillent, un sarrau[1] de coutil[2], il est beau tout de même. Il me plaît. Ça me reposerait de tous
290 mes petits vicomtes qui sont si bêtes. Dans ma jeunesse, ô mon Dieu – voilà que j'ai tout à l'heure vingt-cinq ans – dans ma jeunesse j'ai été paysanne. Je remordrais bien dans le pain bis. *(Haut, examinant le châle.)* Il est supérieurement réparé, ce châle. C'est très bien fait. Je me connais dans ce travail-là.

---

1. **Sarrau** : ample blouse de travail en grosse toile, portée par-dessus les vêtements.
2. **Coutil** : toile de chanvre épaisse, solide, sans élégance, pour faire des tentes, des enveloppes de matelas, d'oreillers, ou confectionner certains vêtements (de travail, de chasse).

● Eurydice voit dans cette pauvreté non la difficulté présente, mais la nostalgie du bonheur simple de sa jeunesse passée, et se montre assez snob pour apprécier l'image de la pauvreté, car elle oublie sa dure réalité.

295 Madame Gandillot● vient de retrouver le point de Venise. Elle
fait ce qu'elle appelle le col-pèlerine Anne d'Autriche[1]. Il ne se
vendra pas, son col Anne d'Autriche. Quinze francs, c'est trop
bon marché ; s'il coûtait deux cents francs, il ferait fureur. Au
surplus, moi, j'aime autant le Binche[2] que le Venise[3]. Sur ce mon
300 cher, je suis une quêteuse[4]. Là, attrape ça. Le châle et ça, c'est ce
qui m'amène. Je quête pour une œuvre de charité, un incendie.
Je vais dans les greniers demander des sous. Où donc s'est-il
fait déjà, mon incendie ? Je ne sais plus où, mais c'est un
incendie. C'est arrivé. Voulez-vous me donner pour ma quête ?
305 Il y a des femmes, des enfants sur le pavé, des tas de pauvres.
L'an dernier j'ai quêté pour une inondation. Après l'eau, le feu.
À propos, combien dois-je pour le châle ?

EDMOND GOMBERT. – Dix francs, madame.

MADEMOISELLE EURYDICE. – Les voici.

310 EDMOND GOMBERT. – Gardez-les pour vos pauvres qui sont sur
le pavé.

MADEMOISELLE EURYDICE, *à part*. – Il est généreux. J'en serais
folle, de cet homme-là.

EDMOND GOMBERT, *à part*. – Cette femme me trouble. Je sens
315 quelque chose comme le bord d'un précipice. Ce n'est pas à ses
pauvres que j'ai donné, c'est à ses yeux.

---

1. **Col-pèlerine Anne d'Autriche** : par allusion au vêtement
des pèlerins, désigne l'étoffe légère couvrant les épaules
et la poitrine et masquant le décolleté des robes.
2. **Le Binche** : dentelle belge très fine à motifs.
3. **Le Venise** : type de guipure qui peut être de Cluny,
de Flandre, du Puy, de Venise...
4. **Quêteuse, quêteur** : qui quête de l'argent.

● La maison Gandillot
: était spécialisée
: dans les « dentelles
: et guipures ».

MADEMOISELLE EURYDICE, considérant l'éventail auquel travaillait
  Gombert. – Pourquoi mentez-vous ?

EDMOND GOMBERT. – Moi, madame !

320 MADEMOISELLE EURYDICE. – Vous m'avez dit que vous étiez un
  ouvrier.

EDMOND GOMBERT. – Eh bien !

MADEMOISELLE EURYDICE. – Ce n'est pas vrai. Vous êtes un artiste.

EDMOND GOMBERT. – Madame... *(À part.)* Décidément je ne
325 voudrais pas parler souvent à une femme comme cela.

MADEMOISELLE EURYDICE. – Vos éventails sont exquis. *(À part.)*
  Oh ! si je pouvais revenir à l'amour honnête ! Ô mon passé !
  j'ai eu une chambre semblable. On est deux tourtereaux, on
  gazouille. Voilà l'homme qu'il me faudrait. *(Elle regarde avec*
330 *une sorte de contemplation la mansarde autour d'elle. Elle aperçoit*
  un livre sur une planche.) Et vous lisez ? *(Lisant le titre du livre.)*
  Le *Paradis perdu*.

EDMOND GOMBERT. – Oui, Milton. Connaissez-vous ce livre, le
  Paradis perdu[1] ?

335 MADEMOISELLE EURYDICE. – Je ne connais pas le livre, mais je vois
  la chose. *(Elle regarde l'éventail auquel il travaille.)* Cet éventail est
  un chef d'œuvre. C'est du papier exprès, n'est-ce pas ?

EDMOND GOMBERT. – Peau vélin chine[2]. On peint également sur
  soie.

---

1. **Milton** : poète et essayiste anglais du XVIIe siècle auquel
  les romantiques, et Hugo en particulier, vouaient
  une grande admiration. Le *Paradis perdu* (*Paradise Lost*)
  est un poème épique écrit en 1667 qui traite de la vision
  chrétienne de l'origine de l'Homme.
2. **Peau vélin** : peau de veau mort-né (ou d'un autre animal),
  préparée pour l'écriture, l'illustration, l'imprimerie ou
  la reliure, plus lisse et plus fine que le parchemin ordinaire.

340 MADEMOISELLE EURYDICE. – C'est vous qui peignez ces peintures-là ?

EDMOND GOMBERT. – Oui, madame.

MADEMOISELLE EURYDICE. – Qu'est-ce que celui-là avec sa fourche ?

345 EDMOND GOMBERT. – C'est Neptune[1].

MADEMOISELLE EURYDICE. – Et ces petits-là ? Ce sont des anges ?

EDMOND GOMBERT. – Ce sont des amours[2].

MADEMOISELLE EURYDICE. – C'est la même chose●.

EDMOND GOMBERT. – À peu près.

350 MADEMOISELLE EURYDICE. – Ça a des ailes. Ce qu'on appelle des anges à l'église, c'est ce qu'au théâtre on appelle les amours. Combien vendez-vous cet éventail ?

EDMOND GOMBERT. – À vous je ne vends rien.

MADEMOISELLE EURYDICE, *à part.* – L'intrigant ! Pour qu'on lui
355 donne tout.

EDMOND GOMBERT, *l'admirant à part.* – C'est cela qui est la femme.

MADEMOISELLE EURYDICE. – Je veux l'acheter. Dites-moi le prix.

EDMOND GOMBERT. – Une fleur de votre bouquet.

360 MADEMOISELLE EURYDICE. – *(À part.)* Il est galant. Pommadez-lui les cheveux et mettez-lui un lorgnon, quelle différence y aura-t-il entre lui et un prince royal quelconque ? Il y aura cette

---

1. **Neptune** : dans la mythologie romaine, dieu des mers, des sources et des fleuves, qui fait rentrer les eaux dans leur lit et qui, avec son trident, remet les bateaux à flot, en rétablissant l'ordre après la tempête.
2. **Amours** : enfants symboles des désirs amoureux, comme Éros ou Cupidon. **Anges** : représentation d'un ange, issu de la culture biblique.

● Eurydice possède une culture limitée au monde qu'elle côtoie, celui du théâtre, tandis qu'Edmond a pu approfondir la sienne par la lecture.

différence que celui-ci est meilleur. *(Haut.)* Comment vous appelez-vous ?

365 EDMOND GOMBERT. – Gombert.

MADEMOISELLE EURYDICE. – Pas ce nom-là. Vous avez un petit nom. On ne dit jamais à une femme que son petit nom.

EDMOND GOMBERT. – Edmond.

MADEMOISELLE EURYDICE. – Moi, je m'appelle Eurydice. Edmond,
370 à la bonne heure.

EDMOND GOMBERT. – Madame...

MADEMOISELLE EURYDICE. – Je ne suis pas madame.

EDMOND GOMBERT. – Mademoiselle...

MADEMOISELLE EURYDICE. – Je ne suis pas mademoiselle.

375 EDMOND GOMBERT. – Alors quoi ?

MADEMOISELLE EURYDICE. – Alors quoi ? Eurydice. En a-t-il de l'épaisseur[1] ce garçon ! Eurydice, c'est pourtant transparent, je crois. Appelez-moi Eurydice. *(Apercevant le métier à dentelle.)* Qu'est-ce que c'est que ce métier-là ?

380 EDMOND GOMBERT. – Ce métier-là ?...

MADEMOISELLE EURYDICE. – Je veux que vous me disiez ce que c'est que ce métier-là. Tiens, suis-je folle ! Puisque c'est ici que j'ai fait raccommoder mon châle. C'est le métier à dentelle, je sais bien. Mais je ne sais plus ce que je dis. Je bisque[2]. C'est
385 quelqu'un ce métier. Il a l'air de nous examiner.

EDMOND GOMBERT, *à part.* – Je ne voudrais pas que cela durât encore longtemps. J'ai du plaisir à voir cette femme. Tant de

---

1. **Épaisseur** : caractère de ce qui manque de finesse,
   d'élégance ou de raffinement (sens figuré et péjoratif).
2. **Je bisque** : j'enrage (langage populaire).

plaisir que je souffre ! C'est comme ces fleurs terribles dont le parfum tue.

390 MADEMOISELLE EURYDICE, *à part.* – Je suis jalouse de ce métier. C'est une femme ce métier-là.

EDMOND GOMBERT. – Madame…

MADEMOISELLE EURYDICE, *l'œil fixé sur le métier.* – C'est une femme aimée.

395 EDMOND GOMBERT. – Madame…

MADEMOISELLE EURYDICE. – Et vertueuse.

EDMOND GOMBERT. – Mademoiselle…

MADEMOISELLE EURYDICE. – Oh ! j'en suis jalouse. *(Haut.)* Je vous ai dit de m'appeler Eurydice. Edmond, voulez-vous mon
400 bouquet ?

EDMOND GOMBERT. – Votre bouquet !

MADEMOISELLE EURYDICE. – Je vous le donne. Tenez.

EDMOND GOMBERT. – Oh ! Je le conserverai toute ma vie ! *(Il le presse sur son cœur et le met dans le pot à eau.)*

405 MADEMOISELLE EURYDICE. – Comme il est drôle ! Il le met dans de l'eau. Bon naïf, va ! *(Elle rit.)*

EDMOND GOMBERT. – Est-ce que j'ai fait une bêtise ?

MADEMOISELLE EURYDICE. – Non. Vous êtes gentil. *(Elle lui donne une tape sur la joue.)*

410 EDMOND GOMBERT, *à part.* – Le fait est que, si je faisais le malheur de devenir amoureux de cette dame-là, cet amour en moi, cela ressemblerait assez à ce bouquet dans cette cruche. Elle doit me prendre pour un imbécile. Il faut pourtant que je lui prouve un peu qu'on est un ouvrier de Paris et qu'on sait se servir de sa
415 langue française. Parbleu, j'ai bien parlé au club de la rue de

Charonne●. *(Haut.)* Je... Voyez-vous, madame... la première fois
qu'il y a eu du bruit dans la rue... non, ce n'est pas ça que je veux
dire... voilà, il y a des choses. Pourtant ce ne serait pas moi qui...
vous comprenez, mademoiselle.

420 MADEMOISELLE EURYDICE. – Vous êtes un bon garçon.

EDMOND GOMBERT. – *Écoutant à la petite porte par où Marcinelle
est sortie.* – Ah ! mon Dieu, j'entends qu'on monte. Ce doit être
ma femme. Je me sauve. *(À part.)* Tiens, voilà que j'ai peur de
ma femme à présent. *(Haut à Eurydice.)* C'est ma femme. Qui

425 revient. Elle est un peu jalouse. Si elle me trouve avec vous, elle
me fera une scène. Je m'en vais pour un moment. Je reviendrai.
Si elle s'étonne de vous voir là, dites lui que vous avez trouvé la
clef à la porte, que vous êtes entrée, ce que vous voudrez, que
vous venez pour le châle. *(Il sort par la porte du fond.)*

430 MADEMOISELLE EURYDICE, *seule.* – Sa femme●. Ce mot dans sa
bouche me déplaît. Il n'a pas dit mon épouse. C'est une
maîtresse. Bah ! une maîtresse chasse l'autre. – C'est singulier,
j'entendais l'autre jour au Théâtre-Français dans une tragédie
un vers sur moi. J'aspire à descendre●. *(Rêvant.)* À remonter

435 peut-être.

La petite porte s'ouvre. Entre Marcinelle.

● Sous le Second Empire, le droit de réunion est limité. Mais certaines franges
de la population prennent l'habitude de se retrouver dans des « clubs » pour
y discuter de politique et faire entendre les aspirations du peuple.

● Le terme « femme » désigne une femme mariée ou célibataire alors qu'« épouse »
évoque seulement une femme mariée.

● À travers ce vers prononcé par Auguste dans *Cinna*, de Corneille (« Et, monté
sur le faîte, il aspire à descendre »), Eurydice se prend à penser qu'elle aimerait
redescendre dans l'échelle sociale et ainsi s'élever moralement.

SCÈNE TROISIÈME

❧

MADEMOISELLE EURYDICE, MARCINELLE.

MARCINELLE, *sans voir Mademoiselle Eurydice.* – *(Elle entre, pose son carton sur la table, et aperçoit le bouquet. Elle y court.)* Un bouquet ! qu'est-ce que ce bouquet-là ? *(Elle le prend et le jette à*
440 *terre et le pousse du pied, puis prend le balai et le balaie au fond de la chambre.)* C'est fort. Il achète des bouquets pour les femmes du balcon d'en face. C'est clair ! et avec quel argent ? il n'a pas d'argent pour moi. Oh ! je me vengerai ! *(Apercevant Mademoiselle Eurydice.)* Quelle est cette Madame ? Qu'est-ce qu'elle fait là ?
445 *(Haut.)* Comment êtes-vous là, mademoiselle ?

MADEMOISELLE EURYDICE. – Pardon, madame, je viens pour le châle de dentelle. J'arrive.

MARCINELLE. – Ah ! le châle. Le voilà. C'est dix francs. Est-ce qu'il n'y avait personne ici ? Est-ce que vous n'avez pas trouvé
450 quelqu'un ?

MADEMOISELLE EURYDICE. – J'ai trouvé la clef à la porte, je suis entrée. Je viens d'entrer.

MARCINELLE, *à part.* – Sorti. Où est-il allé ? et le bouquet ! il faudra que cela s'explique. Oh ! il doit y avoir pour une femme des
455 moyens de faire repentir un homme, je saurai les trouver. C'est bon. Ce sera sa faute. *(Considérant Mademoiselle Eurydice qui,*

● « Madame » désigne une femme de la (haute) bourgeoisie, de la noblesse, d'une classe supérieure, ou une femme mariée.

pour se donner une contenance, semble absorbée dans l'examen du châle raccommodé.) À la bonne heure, voilà une toilette. C'est ce que j'appelle être habillée. Le moyen qu'une femme ne soit pas
460 jolie ! Est-elle jolie celle-là ! *(Haut.)* Madame est-elle satisfaite des réparations ?

MADEMOISELLE EURYDICE. – *(À part.)* Qu'elle est belle dans sa robe de toile. *(Haut.)* Je les admirais. C'est merveilleusement fait. *(Elle regarde fixement Marcinelle.)* Tiens, c'est toi !

465 MARCINELLE. – Madame...

MADEMOISELLE EURYDICE. – Tu es Marcinelle !

MARCINELLE. – Marcinelle. Oui.

MADEMOISELLE EURYDICE. – Marcinelle Barvin.

MARCINELLE. – Vous me connaissez ?

470 MADEMOISELLE EURYDICE. – Du lieu les Hupriaux, près Valenciennes[1].

MARCINELLE. – C'est mon pays.

MADEMOISELLE EURYDICE. – Parbleu !

MARCINELLE. – Je ne comprends pas...

475 MADEMOISELLE EURYDICE, *la regardant entre deux yeux.* – La Gros-Jeanne !

MARCINELLE. – Madame...

MADEMOISELLE EURYDICE. – Je suis la Gros-Jeanne. Tu ne reconnais pas la Gros-Jeanne ? J'en suis des Hupriaux.

480 MARCINELLE. – Madame...

---

1. **Près Valenciennes** : cette tournure, qui n'est pas paysanne, signifie « près de ».

MADEMOISELLE EURYDICE. – Comment ! tu ne reconnais pas la Gros-Jeanne qui allait pieds nus quand il pleuvait, avec ses sabots à la main pour ne pas les user !

MARCINELLE. – Pas possible. Vous !

485 MADEMOISELLE EURYDICE. – Moi.

MARCINELLE. – Toi !

MADEMOISELLE EURYDICE. – Moi.

MARCINELLE. – Je vous demande pardon, madame, mais c'est que vous m'avez parlé comme quelqu'un qui me connaîtrait.

490 MADEMOISELLE EURYDICE. – Mais tutoie-moi donc ! C'est parce que j'ai l'air riche que tu me fais affront. Je te fais l'effet d'être heureuse. C'est ça, on ne reconnaît pas ses amis dans le bonheur. Cette dentelle-là, si j'avais voulu, je l'aurais raccommodée moi-même. Tout aussi bien que toi. J'en suis, du métier. Parbleu, on

495 met le patron derrière la rangée d'épingles ; on ne travaille jamais que quatre fuseaux[1] à la fois ; s'il arrive qu'on en prenne huit, on les travaille deux à deux, ce qui fait quatre doubles ; on prend les fuseaux dans le tas à droite, on les porte au milieu, on les jette à gauche, on les tord, et l'on continue jusqu'aux deux

500 derniers, en piquant une épingle à chaque point. Autre travail pour le réseau, autre travail pour la bride, autre travail pour la fleur[2]. Pour la Malines[3], passé l'âge de sept ans on ne peut plus apprendre, on a les doigts trop gros. Dire qu'on passe quelque-fois des quinze mois, des vingt mois sur une pièce ! On vous

505 donne un poids de fil et il faut rapporter le même poids de

---

1. **Fuseau** : instrument cylindrique, renflé au milieu, effilé aux extrémités, servant à enrouler le fil dans le filage.
2. **Réseau** : tissu à mailles très larges. **Bride** : fils rejoignant les motifs d'une dentelle. **Fleur** : motif de la dentelle.
3. **Malines** : dentelle belge originaire de la ville dont elle porte le nom, ou de sa région. Par extension : dentelle très fine à motifs de fleurs brodées.

dentelle. Quand on pense qu'il y a du fil depuis cent francs jusqu'à dix-huit cents francs ! Je savais aussi faire le point d'Alençon[1] ; pour celui-là il faut la pince à épiler. Et il y a le tracé, le rempli, la couchure, la bouclure, le point gaze, le levage, l'assemblage, le régalage, l'affiquage●. Te rappelles-tu notre curé ? Comme il était farce[2] ! On l'entendait qui toussait pendant la messe et qui disait « J'aurais mieux fait de rester dans mon lit à soigner mon asthme. » C'était un bonhomme plein d'amitié. T'a-t-il pris le menton à toi ? Il y a d'autres points encore, le mignon, la broche, les picots[3], est ce que je sais, suivant le goût du fabricant. Comme c'était amusant la ducasse[4], et les querelles des processions à la Fête-dieu, quand celle des Hupriaux rencontrait celle des Quiévrain sur la grand-route de Paris, et que les deux processions se battaient à coups de bannières[5] !

MARCINELLE. – C'est vrai que c'est la Gros-Jeanne !

MADEMOISELLE EURYDICE. – Tu y consens donc ! C'est heureux. Papa, maman, je suis reconnue. On veut bien de moi.

MARCINELLE. – Qu'est-ce que tu es venue faire à Paris ?

MADEMOISELLE EURYDICE. – C'est bien simple. Je suis venue gagner cinquante mille francs par an.

---

1. **Point d'Alençon** : dentelle à l'aiguille exceptionnelle, appelée la « reine des dentelles ».
2. **Farce** : farceur (familier).
3. **Picots** : pois (dans un tissu), ou ce qui garnit l'un des bords d'une dentelle.
4. **Ducasse** : fête patronale dans le nord de la France et en Belgique.
5. **Bannière** : dans les processions, étendard suspendu aux branches d'une hampe en T, qui distingue une paroisse ou une confrérie.

● À travers ce discours technique, Eurydice cherche à convaincre Marcinelle qu'elle est bien la Gros-Jeanne qu'elle connaissait.

MARCINELLE. – La Gros-Jeanne ! mise comme la duchesse de Berry●, en voilà une catastrophe ! Qu'est ce qu'il t'est donc arrivé ?

MADEMOISELLE EURYDICE. – Rien. Je gagne par an cinquante mille
530 francs.

MARCINELLE. – À quoi faire ?

MADEMOISELLE EURYDICE. – À chanter.

MARCINELLE. – À chanter quoi ?

MADEMOISELLE EURYDICE. – Des chansons.

535 MARCINELLE. – Quelles chansons ?

MADEMOISELLE EURYDICE. – Nos chansons.

MARCINELLE. – Bah !

MADEMOISELLE EURYDICE. – Et à danser.

MARCINELLE. – À danser quoi ?

540 MADEMOISELLE EURYDICE. – Des danses.

MARCINELLE. – Quelles danses ?

MADEMOISELLE EURYDICE. – Nos danses.

MARCINELLE. – C'est pour rire ce que tu dis là.

MADEMOISELLE EURYDICE. – À coup sûr, ce n'est pas pour
545 pleurer.

MARCINELLE. – Nos danses de paysans ! Nos chansons de paysans !

MADEMOISELLE EURYDICE, *chantant.*

La belle, si nous étiomes
550   Dedans u' vivier[1],

---

1. **Vivier** : bassin d'eau aménagé pour l'élevage de poissons et/ou de crustacés.

● Sous la Restauration et la monarchie de Juillet, la duchesse de Berry (1798-1870) donne le ton de la mode.

La belle, si nous étiomes
    Dedans u' vivier,
Nous y mettriomes
    Des p'tits canards nager.
555 Nous y mettriomes
    Des p'tits canards nager.
Nous en mettriomes
    À notre loisir.
Nique noc nac muche !
560   Belle, vous m'avez
T'embarlifi, t'embarlificoté
    De votre beauté.
Elle danse un passe-pied[1], puis reprend.
La belle, si nous étiomes
565   Dedans u' jardin,
La belle, si nous étiomes
    Dedans u' jardin,
Nous y chantriomes
    Soire[2] et matin,
570 Nous y chantriomes
    À notre loisir.
Nic nac noc muche !
    Belle, vous m'avez
T'embarlifi... t'embarlificoté
575   De votre beauté.
Elle danse un passe-pied.

1. **Passe-pied** : danse ancienne à trois temps, d'origine
   bretonne, au tempo rapide.
2. **Soire** : soir.

Ça vaut cent cinquante francs ce que je viens de faire là. Cinquante mille francs par an.

MARCINELLE. – Cinquante mille francs !

580 MADEMOISELLE EURYDICE. – Par an. Je suis chanteuse danseuse au théâtre Orphée. On m'appelle Eurydice●. Je fais frénésie[1] dans le grand monde. Je montre mes bourrées, mes passe-pieds et mes gigues[2]. J'enseigne aux belles dames mes belles manières[3]. Je donne des leçons de coups de talon à celles qui aiment le
585 genre allemand, et des leçons de coups de hanche à celles qui aiment le genre espagnol. Les coups de hanche c'est gai ; les coups de talon c'est mélancolique. Tu sais le Tyrol, coups de talons la la la hou ! Se déhancher[4], cela n'est pas donné à tout le monde.

590 MARCINELLE, *regardant par la fenêtre.* – Tu es venue dans cet équipage-là[5] ?

MADEMOISELLE EURYDICE. – Oui.

MARCINELLE. – Tu as là une jolie voiture.

MADEMOISELLE EURYDICE. – Elle n'est pas à moi ; mais la
595 veux-tu ?

MARCINELLE. – Comme tu es drôle ! Je ne comprends pas.

MADEMOISELLE EURYDICE. – C'est un huit-ressorts[6]. Il est au petit baron qui est dedans, qui m'a amenée, que tu peux voir assis

---

1. **Faire frénésie** : exalter, passionner.
2. **Bourrées** : danses folkloriques d'Auvergne.
   Gigues : danses rapides, d'origine anglaise ou irlandaise.
3. **Belles** : emploi ironique car ces manières sont exagérées.
4. **Se déhancher** : exagérer le mouvement des hanches, avec une connotation sensuelle.
5. **Équipage** : la voiture et les chevaux.
6. **Huit-ressorts** : voiture à chevaux, suspendue sur huit ressorts.

● Dans l'antiquité gréco-romaine, Eurydice était l'épouse d'Orphée.

sur le devant, qui m'attend, qui lit les petites affiches, qui est le

600 petit-fils d'un général tué à Wagram●. J'ai un huit-ressorts à moi encore plus chou[1] que le sien. Mais veux-tu cette voiture-ci ?

MARCINELLE. – Je ne comprends pas.

MADEMOISELLE EURYDICE. – Pour commencer, tu peux te contenter de cette voiture-là. La veux-tu ?

605 MARCINELLE. – C'est une charade que tu me proposes là. Si je veux cette voiture ?...

MADEMOISELLE EURYDICE. – Oui, n'est-ce pas ? Attends. *(Elle se penche à la fenêtre.)* Psitt ! – Monte, baron. *(À Marcinelle.)* Il est très bien. C'est le petit-fils d'un général qui a été tué... où donc

610 déjà ?

MARCINELLE. – Cinquante mille francs.

MADEMOISELLE EURYDICE. – Tu les gagneras quand tu voudras.

MARCINELLE. – Comment cela ?

MADEMOISELLE EURYDICE. – Avec mon répertoire. Tu le sais par

615 cœur. Tu n'as pas oublié nos chansons ? Tu n'as pas oublié nos danses ?

MARCINELLE. – De village ?

MADEMOISELLE EURYDICE. – Sans doute. Danse-les.

MARCINELLE, *l'œil fixe sur le petit placard.* – Je ne danse plus.

620 MADEMOISELLE EURYDICE. – Chante-les.

MARCINELLE. – Je ne chante plus.

MADEMOISELLE EURYDICE. – Fais-moi donc le plaisir de mettre un peu ce châle que je voie comment il fait. *(Elle ôte à Marcinelle*

---

1. **Chou** : charmant, joli, mignon.

● Ville d'Autriche, siège d'une bataille (5 et 6 juillet 1809) où les Français remportèrent une victoire massive sur les Autrichiens.

son paletot[1] *de toile sous lequel Marcinelle est décolletée. Elle lui jette*
625 *le châle sur les épaules. Le châle, très ample, couvre entièrement la*
robe.) Sais-tu que cela te va fort bien, les châles de dentelles ?
(Marcinelle s'admirant dans le miroir.) Celui-ci est une bagatelle. Il
ne coûte que douze cents francs. *(À part.)* Elle est vraiment très
belle. En voilà une qui n'a pas besoin d'un corset[2] de Monsieur
630 Worth[3]. *(Montrant le miroir.)* Tu te regardes dans ça ?
MARCINELLE. – Ne veux-tu pas que j'aie une psyché[4] ?
MADEMOISELLE EURYDICE. – Pourquoi pas ? J'en ai une. – Te
souviens-tu ? Autrefois nous nous mirions dans les sources[5].
(Entre le baron de Gerpivrac. Col[6], lorgnon, larges et longs favoris
635 *tombants[7], voile vert au chapeau, stick[8] à la main.)*

L'Intervention, *compagnie Le Mât de Hune, mise en scène de Marion Carroz (2009).*

1. **Paletot :** vêtement d'homme généralement boutonné par-devant, à poches plaquées, assez court, que l'on porte sur les autres vêtements.
2. **Corset :** sous-vêtement féminin porté du XVIe siècle au début du XXe siècle dont les baleines affinent la taille.
« Ne pas avoir besoin de corset » signifie avoir la taille fine.
3. **Worth :** grand couturier anglais, installé à Paris, qui transforme la couture en une industrie de luxe.
4. **Psyché :** grand miroir inclinable, monté sur un châssis et articulé à un pivot, dans lequel on se voit en pied.
5. **Sources :** symbole d'un monde idyllique pastoral qui représente l'innocence.
6. **Col :** espèce de cravate sans pendants.
7. **Favoris :** touffe de barbe qu'on laisse pousser sur les joues, le menton étant rasé.
8. **Stick :** canne très mince et flexible à l'usage des cavaliers.

SCÈNE QUATRIÈME

MADEMOISELLE EURYDICE, MARCINELLE, LE BARON DE GERPIVRAC.

Le baron de Gerpivrac laisse derrière lui un groom[1] qu'on aperçoit sur le palier par la porte entrebâillée.

LE BARON DE GERPIVRAC, *entrant le chapeau sur la tête*. — Je vais vous dire, j'ai réfléchi. Voici bien les noms de tous les jockeys
640 actuels. *(Il tire un carnet de sa poche et lit)* : Pratt, Watkins, les deux Grimshaw, Salter, Goater, Jordan, Walter – ne pas confondre avec Salter –, Daley, Covey et Cannon. Eh bien, je suis sûr que Salter est à lord Hastings, et Cannon au duc de Beaufort. C'est Salter qui monte *Primate* et c'est Cannon qui monte *Ceylon*.
645 J'aime *Primate* pour ses jarrets et pour son arrière-train, mais il a des œillères qui m'inspirent peu de confiance dans son caractère ⬤. Ma chère, usez-vous de l'amandine[2] ? Je n'ai décidément confiance qu'en l'amandine. La peau est une chose très délicate. L'eau benjoïde[3] est bonne pour parfumer un bain ; le savon au
650 suc de laitue suffit pour les mains, l'althéa[4] convient pour les ongles, mais pour le visage il faut de l'amandine. Cela vaut mieux que tous vos cold-creams[5]. On la délaie dans un peu d'eau tiède, et l'on a une crème blanche agréable à l'œil et à l'odorat.

---

1. **Groom** : jeune laquais.
2. **Amandine** : crème cosmétique à base d'amande, dont on se sert pour se laver les mains et le visage.
3. **Eau benjoïde** : qui contient un extrait du benjoin, arbre des Indes utilisé en parfumerie.
4. **Althéa** : autre nom de la guimauve et de la rose trémière.
5. **Cold-creams** : pommades cosmétiques.

⬤ Le baron applique ici la physiognomonie qui consiste à percevoir un caractère dans une apparence physique.

Mais comprenez-vous ce Chantilly ? Tout a manqué. Cette pauvre
655 *Piccadilly* s'est emballée au départ et est revenue boiteuse. Quand
je pense que Charlie Pratt, le grand jockey du siècle, montait
Exhibition, et qu'il n'a pas gagné le prix des Étangs, c'est-il Dieu
possible ! *(Apercevant Marcinelle.)* Ah ! le beau châle ! *(Il lorgne
Marcinelle.)* Jolie fille !

660 MARCINELLE, *à part*. – Fille[1] ! lui aussi !

Le baron de Gerpivrac salue Marcinelle, puis remet son chapeau et le
garde[2].

LE BARON DE GERPIVRAC. – Madame, j'ai bien l'honneur de vous
présenter mes très humbles.

665 MARCINELLE, *à part*. – À la bonne heure. Du respect. Ceci me
raccommode avec lui.

MADEMOISELLE EURYDICE. – Baron, tu aurais dû attendre que je
te présente...

LE BARON DE GERPIVRAC. – ... tasse ; il y a lieu à l'imparfait du
670 subjonctif. Après ça, je n'y tiens pas. *(À Marcinelle.)* Belle dame●,
les châles ne sont plus de mode, on met des camails. *(À Eurydice.)*
Oui, j'eusse dû attendre d'être présenté si nous étions à Chantilly,
à la Marche, à la Croix de Berny[3], sur le champ de course, sur le
turf[4], c'est-à-dire en Angleterre. Mais ici, pas. Ah ! une chose
675 inouïe. Je viens de voir passer le duc Achille, ce petit, vous savez,
avec un parapluie. Il est vrai que ce parapluie est un parangon-

---

1. **Fille** : le terme peut désigner une jeune femme mais aussi
quelqu'un qui se prostitue.
2. **Garder son chapeau** : à comparer au geste d'Edmond
devant Eurydice : *Il ôte son képi* (p. 24).
3. **Chantilly, la Marche, la Croix de Berny** : champs de course
de la région parisienne.
4. **Turf** : terme d'origine anglaise (« pelouse, gazon ») désignant
le terrain des courses de chevaux.

● Ici, l'usage de « dame »
se veut un peu comique,
à cause de son
anachronisme.

fox[1]. Mais c'est égal, le barbarisme[2] y est. Eurydice, je n'aime pas votre hat[3], il coiffe trop ; en promenade, il faut avoir le chapeau matelot● avec le chou pareil au chou[4] de la robe. Et puis votre écharpe ne me va pas beaucoup. L'écharpe, au dix-neuvième siècle, doit faire dans le dos une berthe[5] en pointe très large et par devant se croiser en bretelles.

MARCINELLE, *à part.* – Il est charmant. On a beau dire, c'est très joli aux hommes les mains blanches.

LE BARON DE GERPIVRAC. – Ou bien mettez une suédoise●. Vous me direz que c'est plutôt d'hiver que d'été, mais je répondrai que c'est l'impératrice●elle-même *(il lui parle bas à l'oreille)* qui a mis la suédoise à la mode.

MADEMOISELLE EURYDICE. – Gerpivrac, vous vous trompez pour le châle. Un châle de point de Bruxelles est toujours bien porté. Dis donc, baron, tu sais, j'ai des incendiés, des malheureux, je fais une quête, des orphelins, des veuves...

LE BARON DE GERPIVRAC. – Et cætera. Voilà cinq francs.

MADEMOISELLE EURYDICE, *à part.* – Le pauvre ouvrier m'en a donné le double.

---

1. **Parangon-fox** : les « parapluies-Paragon » se vendaient à Paris chez De Fox. Les parapluies étaient très à la mode : les élégantes en possédaient autant qu'elles avaient de toilettes différentes.
2. **Barbarisme** : faute de langage, emploi d'un mot impropre, ou déformé.
3. **Hat** : chapeau, en anglais. L'anglomanie du baron montre son snobisme et sa volonté de se montrer à la mode.
4. **Chou** : nœud de ruban ou d'étoffe à nombreuses coques, utilisé en confection.
5. **Berthe** : garniture en forme de petite pèlerine généralement de dentelle, posée sur le décolleté d'une robe ou d'un corsage.

● Les vêtements de marins sont à la mode à l'époque.

● On donne aux vêtements des noms qui rappellent des pays ou des régions (la « sicilienne » est un manteau sans manches, en soie à gros grain).

● L'impératrice Eugénie (1826-1920) est l'épouse de Napoléon III, empereur des Français.

LE BARON DE GERPIVRAC. – J'ai vu des soies de saison très légères. Il y a encore le foulard Pongée[1]. Ma chère, on a beau dire, à ce Chantilly, il n'y a eu que trois prix vraiment disputés, le prix de la Pelouse, le prix de Courteuil, et le prix de la Morlaye. J'y

700 songeais tout à l'heure. Ils ont manqué leur course pour poulains et pouliches, j'ajoute que tout ce handicap[2] s'est fait au hasard. On a laissé courir les premiers venus. On ne naît pas cavalier, savez-vous. Il est plus aisé de naître prince que de naître jockey. Un vrai jockey est un chef-d'œuvre. On ne s'improvise pas

705 écuyer. Je ne suis pas pour les sauvageons[3]. Il y a des connaissances nécessaires. Boire est une science, fumer est un talent, courir est une prédestination. Je veux qu'une intelligence soit cultivée. Le jour où j'ai su distinguer les vins de Savoie au goût de framboise, les vins de Moselle au goût de violette et les crus

710 de Montélimart au goût de nougat, je me suis senti un homme. Je vous recommande les soieries Pongée. Savez-vous pour le chez-soi, ce qui est supérieur ? C'est une robe de chambre ● de cachemire à bandes pékin[4] séparées par une raie d'or, avec revers en taffetas iris[5] et la casaque[6] à pans droits. Par exemple,

715 n'achetez vos foulards qu'à la *Malle des Indes*.

---

1. **Pongée** : tissu léger constitué d'un mélange de laine et de bourre de soie, et utilisé pour l'ameublement, l'industrie vestimentaire.
2. **Handicap** : course qui, théoriquement, offre aux concurrents des chances égales, en imposant aux meilleurs des poids plus lourds à porter (course de plat et d'obstacles), des distances plus longues à parcourir (course de trot).
3. **Sauvageon** : personne fruste.
4. **Pékin** : étoffe de soie peinte (venue de Chine, puis fabriquée en Europe), présentant des raies alternativement mates et brillantes ou de couleurs, de matières différentes.
5. **Iris** : vert pâle, légèrement bleuté.
6. **Casaque** : vêtement masculin de dessus, à larges manches.

● Au fil des décennies du xixe siècle, la robe de chambre cesse d'être tolérée en dehors de la chambre : devenue un tel symbole de l'intimité érotique, y faire allusion peut être perçu comme malséant. Ce que ne manque pas de faire le baron, par goût de la provocation.

MARCINELLE, *à part*. – Au moins celui-ci ne parle pas politique.

MADEMOISELLE EURYDICE, *à part*. – Ce n'est pas une tête, c'est un grelot. Quel sot ! et il faut lui faire bon visage. Ces êtres nous mettent à la mode, et nous en ôtent. Notre succès dépend d'eux.
720 Il faut leur plaire. Tristes femmes joyeuses que nous sommes ! être condamnées au sourire forcé à perpétuité !

LE BARON DE GERPIVRAC. – Un détail, Eurydice. Vous savez, ce gros banquier du pape, le marquis Guzzi, se marie. Il épouse un grand nom, Mademoiselle d'Humières-Lauraguais, seize ans,
725 jolie, pas le sou. Il a vingt millions.

MADEMOISELLE EURYDICE. – Il se marie à cette fleur, lui, ce Guzzi, ce monstre de laideur !

LE BARON DE GERPIVRAC. – Pourquoi pas ? les monstres peuvent ne pas être célibataires. Il y a dans le récit de Théramène des
730 détails qui semblent indiquer que le monstre est marié●. *(Apercevant le bouquet à terre.)* Voilà le cas que vous faites de mon bouquet.

MADEMOISELLE EURYDICE. – Eh bien, il est tombé quoi.

MARCINELLE, *à part*. – Tiens, tiens, tiens, c'est son bouquet à lui,
735 c'est son bouquet à elle. Quel mic-mac y a-t-il là-dessous ? Si je lui prenais son baron ? Je ferais d'une pierre deux coups. Cela ricocherait de mon infidèle à cette perfide. Monsieur mon mari, s'il y a des hommes qui ont des maîtresses, il y a des femmes qui ont des amants.

● Personnage de la pièce de Racine, *Phèdre*, gouverneur d'Hyppolite dont il fait le récit de la mort, piétiné sous des chevaux effrayés par un monstre, surgi des eaux, dont le « front est armé de cornes menaçantes ». Or les « cornes » sont, en langage imagé, le signe des hommes mariés et cocus.

740 LE BARON DE GERPIVRAC. – Tombé, oui. Comme il vous plaira, Eurydice. Et à propos de chute, je l'ai échappé belle l'autre jour. Nous avons fait chez le nouveau prince russe, – tu sais, un Koff quelconque, le prince russe de cette année, la mode change de prince russe tous les ans, – nous avons fait chez le Koff, dans

745 son parc loué au mois, un petit derby●d'amitié. Je montais ma jument *Quatre fers en l'air*. Ce nom a failli me porter malheur. Je m'en suis tiré pourtant, j'ai sauté les deux palissades, une de cinq pieds, une de sept, plus le fossé et la banquette irlandaise[1], douze pieds de haut, ma chère.

750 MADEMOISELLE EURYDICE. – Oh ! douze pieds.

LE BARON DE GERPIVRAC. – Vous ne comprenez pas cela, vous femmes. C'est de la haute...

MADEMOISELLE EURYDICE. – Garonne.

LE BARON DE GERPIVRAC. – Vous êtes taquine, Eurydice. Vous avez

755 l'air de m'en vouloir. Mais je devine pourquoi. Tenez, voilà vos vingt louis[2] !

MADEMOISELLE EURYDICE. – Quels vingt louis ?

LE BARON DE GERPIVRAC. – Ne m'avez-vous pas l'autre jour demandé vingt louis ?

760 MADEMOISELLE EURYDICE. – Je ne sais pas.

LE BARON DE GERPIVRAC. – Ni moi non plus. Les voilà tout de même.

MADEMOISELLE EURYDICE. – Tiens, votre or sent bon.

---

1. **Banquette irlandaise** : talus gazonné servant d'obstacle pour les chevaux.
2. **Louis** : pièce d'or valant vingt francs.

● Course de chevaux qui se déroulait à Epsom en Angleterre, et à Chantilly en France. Un derby est une rencontre sportive entre deux concurrents voisins.

LE BARON DE GERPIVRAC. – Mon or passe la nuit dans de l'eau de
765   Cologne.

MADEMOISELLE EURYDICE. – Je prends les vingt louis, ce sera pour
mes incendiés.

LE BARON DE GERPIVRAC. – Oh non ! par exemple, non.

MADEMOISELLE EURYDICE. – Pourquoi ?

770   LE BARON DE GERPIVRAC. – Ce serait une bonne action.

MADEMOISELLE EURYDICE. – Eh bien ?

LE BARON DE GERPIVRAC. – Je ne fais pas de bonnes actions.
Les bonnes actions empêchent de gagner au jeu. Ça, ça a été
observé.

775   MADEMOISELLE EURYDICE. – Vous avez peur d'une bonne action ?
où est le mal d'une bonne action ?

LE BARON DE GERPIVRAC. – Le mal, le voilà. Cela porte malheur
au trente-et-quarante[1]. Sans ça, j'en ferais des bonnes actions,
je ne suis pas méchant.

780   MADEMOISELLE EURYDICE. – Mais vous m'avez donné cinq francs
tout à l'heure.

LE BARON DE GERPIVRAC. – Parce que j'avais l'ennui d'avoir sur
moi une pièce de cent sous. Donner une pièce de cent sous, ce
n'est pas faire une bonne action, c'est s'ôter une malpropreté
785   de la poche.

MADEMOISELLE EURYDICE. – Soit.

LE BARON DE GERPIVRAC. – Chaque époque a ses talents. Notre
talent à nous n'est pas la bienfaisance. Il y a des temps de sensi-
blerie. Nous sommes plus sérieux. Nous voulons savoir ce

---

1. **Trente-et-quarante** : jeu de cartes et d'argent
dans les casinos.

790 qu'une chose rapporte. Les idées gothiques sont les idées gothiques[1]. Je ne suis pas forcé de m'apitoyer sur les enfants trouvés
comme Saint Vincent de Paul● et de prendre à propos de tout
des poses sentimentales comme mon arrière-grand-mère qui
était coiffée à l'Iris pleine[2] et qui portait un chapeau à la Colinette[3]

795 galante. Nous ne valons peut-être pas mieux mais nous sommes
autres. Nous avons nos aptitudes. Tenez, moi, donnez-moi du
coton blanc, de l'estramadure[4] numéros quatre et cinq et du
coton rouge à marquer, et je vais vous faire une bavette[5] au
crochet. Mais j'ai mes superstitions.

800 MADEMOISELLE EURYDICE. – N'en parlons plus. J'écrirai sur ma
liste : dix francs d'un ouvrier, cinq francs d'un baron.

LE BARON DE GERPIVRAC. – Vous savez donc écrire, Eurydice ?

MADEMOISELLE EURYDICE. – Pourquoi pas ? Vous savez bien faire
une bavette au crochet.

805 LE BARON DE GERPIVRAC. – Ma chère, nos aïeux, les colonels d'il y
a cent ans, brodaient au plumetis[6].

MADEMOISELLE EURYDICE. – Mais, par-dessus le marché, ils
gagnaient la bataille de Fontenoy●.

---

1. **Gothique** : qui est d'un autre âge, désuet,
barbare (péjoratif).
2. **Iris** : messagère des dieux, représentée portant
le bonnet d'Hermès.
3. **Colinette** : coiffe de nuit (ou « bonnet de nuit »)
que portaient autrefois les femmes.
4. **Estramadure** : province du sud de l'Espagne
qui a donné son nom au coton qui y était cultivé.
5. **Bavette** : petite pièce de toile attachée au cou
pour protéger la poitrine.
6. **Plumetis** : point de broderie en relief qui s'exécute
sur une étoffe fine, à points serrés.

● **Prêtre canonisé, créateur d'institutions
hospitalières (notamment des hôpitaux
de Bicêtre pour les aliénés, de la Pitié,
de la Salpétrière pour les pauvres
à Paris), qui exerça auprès des galériens,
des enfants trouvés et des paysans.

● **Victoire remportée le 11 mai 1745 à
Fontenoy (actuellement en Belgique)
par les Français. Durant cette bataille,
un chef français aurait dit à son homologue
anglais : « Messieurs les Anglais,
nous ne tirons jamais les premiers. »

LE BARON DE GERPIVRAC, *à part.* – J'en ai assez de l'Eurydice●. Nous
avons trop fait son éducation. Elle commence à avoir de l'esprit.
C'est ennuyeux. Au fond c'est une rouge¹, cette fille-là. Elle a
des mots de démagogue². Oh ! si j'étais le gouvernement, comme
je te vous supprimerais la liberté de la presse●! Cette Eurydice,
ça fait de l'opposition ! *(Regardant Marcinelle.)* En voilà une toute
neuve. Si je plantais là la vieille ? Cette petite m'irait. *(S'approchant
de Marcinelle.)* Ce châle a un défaut.

MARCINELLE. – Lequel ?

LE BARON DE GERPIVRAC. – Il cache des épaules...

MARCINELLE, *rose.* – Monsieur !

LE BARON DE GERPIVRAC. – Les plus belles du monde.

MARCINELLE, *remontant le châle.* – Monsieur !

Le châle en remontant laisse voir le bas de la robe.

LE BARON DE GERPIVRAC, *à part.* – Une robe de toile ! Sous un châle
de cinquante livres sterling³, une jupe de six pence ! C'est une
ouvrière. Eurydice lui faisait essayer le châle. C'est ignorant,
c'est primitif, c'est niais. Je sens que j'en deviens amoureux.
(Tout en se regardant au miroir.) Dans un ménage d'amour la
femme doit avoir la beauté et l'homme l'esprit. Nous pouvons

---

1. **Rouge** : un *Bonnet rouge* est un révolutionnaire coiffé du bonnet phrygien. Par métonymie : républicain(e), qui professe des opinions de gauche.
2. **Démagogue** : qui cherche à flatter le peuple par des paroles ou des actes, afin d'obtenir ses suffrages et de le dominer (avec ou sans nuance péjorative).
3. **Livre sterling** : monnaie anglaise. Le penny (pluriel : pence) est le douzième du shilling, qui est lui-même le vingtième de la livre.

● Le baron et Eurydice, comme on le verra plus loin, sont concubins.

● La liberté de la presse varie au XIXe siècle. Avec l'instauration du Second Empire (1852), la presse est contrôlée par une série de lois qui obligent les journalistes à obtenir une autorisation avant de publier. À partir de 1860, un certain libéralisme politique se développe.

faire couple. Ce n'est pas que je sois laid pourtant. *(Haut.)*
830 Eurydice, vous qui vous occupez de politique, qu'y a-t-il de
nouveau ? Avons-nous la paix ? Avons-nous la guerre⬤ ?

MADEMOISELLE EURYDICE. – Le Lyon a fléchi ; le comptoir est
descendu à six cent soixante-quinze ; le Foncier se maintient à
onze cent trente-cinq. On dit le Stock-Échange[1] en liquidation.

835 LE BARON DE GERPIVRAC, *à Marcinelle.* – Mettez-moi à ce petit
pied-là une fine bottine écuyère en cuir de Russie, un bas de soie
blanc, ayez une jupe de crêpe indou nuance perle, avec des
poches de taffetas bleu Léman, et un habit garde-française en
fil de chèvre blanc, avec gilet en taffetas et ceinture en maroquin
840 havane cloutée d'argent mat, vous êtes un bijou, vous serez une
merveille⬤.

MARCINELLE, *à part.* – La tête me tourne. Comme on parle bien
dans ce monde-là ! Je ne saisis pas le sens des paroles, mais il
me semble que j'entends de la musique⬤.

---

1. **Stock-Échange** : place boursière londonienne.
Trois jours après le début de la rédaction
de la pièce, la suppression des paiements
d'une grande maison d'escompte provoque,
à Londres, des bruits de crise financière.

⬤ Moins de quinze jours avant que Victor Hugo commence à rédiger cette pièce, la Prusse,
qui vient de conclure une alliance avec l'Italie, a mobilisé des corps d'armée ; dix jours après
qu'il l'aura achevée, France, Grande-Bretagne et Russie tenteront une médiation
en invitant la Prusse, l'Italie et l'Autriche à une conférence de paix ; mais, le 7 juin,
les troupes prussiennes envahiront le Holstein, annexé par l'Autriche deux ans plus tôt.
La guerre se termine en juillet 1866 par la défaite de l'armée autrichienne.

⬤ Le baron veut faire de Marcinelle une femme à la pointe de la mode de l'époque,
en lui faisant porter une jupe à la mode indienne avec une ceinture de cuir tanné et un habit
garde-française (caractéristique de l'Ancien Régime, symbolique du conservatisme du baron).

⬤ De manière ironique, le baron rappelle quelque peu Orphée musicien, l'époux d'Eurydice
dans la mythologie.

845 MADEMOISELLE EURYDICE, *bas à Marcinelle.* – Tu sais. Le huit-ressorts est à toi.

MARCINELLE, *bas.* – Que veux-tu dire ?

MADEMOISELLE EURYDICE, *bas.* – Ne te gêne pas. Le baron te fait l'œil[1]. Enlève-le.

850 MARCINELLE, *bas.* – Ce monsieur...

MADEMOISELLE EURYDICE, *bas.* – Eh bien ! c'est mon baron. C'est-à-dire que je suis plutôt sa baronnie que sa baronne●. On demande : baron de quoi ? et l'on répond baron de Mademoiselle Eurydice. En veux-tu ? tu en veux. Prends-le. Je te le donne. 855 *(À part.)* Je ne demande pas mieux que de changer avec elle. La blouse de l'autre me va.

MARCINELLE, *à part.* – Oh ! il me passe de mauvaises pensées dans l'esprit.

LE BARON DE GERPIVRAC. – À Bade[2], il y a à la porte du Kursaal[3] 860 un tronc pour les pauvres. On joue des millions et savez-vous ce qu'on trouve à la fin de la saison dans la boîte aux indigents, dans la boîte de la bienfaisance ? Sept francs cinquante. Oh ! les joueurs savent leur affaire, allez. On ne va pas à la roulette pour gagner le prix Montyon●. Eurydice si vous allez à Bade, il vous 865 faut une casquette Hust●.

---

1. **Faire l'œil** : faire de l'œil, faire les yeux doux.
2. **Bade** : ville thermale allemande (Baden-Baden), sur le Rhin, dotée d'un casino.
3. **Kursaal** : dans les villes d'eaux ou de villégiature de langue allemande, salle de réunion pour les curistes. Par extension : casino.

● « Je suis plutôt sa baronnie » signifie « je suis un bien qui fait apparaître son pouvoir ». En outre, un « baron » est un grand seigneur d'un royaume mais aussi un « mari ».

● Ce prix de Vertu, remis à des personnes méritantes, a souvent été critiqué en raison de l'aspect ostentatoire de la charité qu'il récompense.

● L'importance accordée à la provenance d'une casquette témoigne que les couturiers deviennent alors des créateurs, qui apposent leur marque à leur production. On retrouve ainsi la griffe « Worth », la griffe « Hust ».

MARCINELLE, *à part.* – J'ai peur. J'ai envie. C'est une chose terrible de sentir glisser sa conscience. *(Elle tombe dans une profonde rêverie.)*

MADEMOISELLE EURYDICE, *bas à Marcinelle.* – Il est amoureux fou de
870 toi, je m'y connais. *(À part.)* Si elle quitte sa place, je la prends, j'ai un caprice de grenier. L'air où je suis m'est de plus en plus irrespirable. Elle est dans le vrai de la vie, elle. Oh ! j'ai envie de son bonnet[1] rond, de sa robe d'indienne[2], de ses doigts piqués par l'aiguille, de sa journée de travail, de son front candide, de
875 sa pauvreté. Oh ! l'amour, aimer, être aimée, être libre, sans le sou, quel idéal ! On est fidèle à son ouvrier. Redevenir fidèle, c'est redevenir vertueuse.

LE BARON DE GERPIVRAC. – À quoi pensez-vous donc, Eurydice ?

MADEMOISELLE EURYDICE. – À vous.

880 LE BARON DE GERPIVRAC, *à part.* – Pauvre Eurydice ! Elle est éperdue de moi, mais je la lâche. Tant pis pour elle !

MADEMOISELLE EURYDICE. – Hé ! à propos. Ma répétition ! j'oubliais. C'est pour midi. J'allais manquer ma répétition. Quelle heure est-il ? As-tu ta montre de courses, baron ?

885 LE BARON DE GERPIVRAC. – Ma montre en bois ? oui. Il n'y a que celles-là qui vont bien. Onze heures trente-cinq.

MADEMOISELLE EURYDICE. – Dardar[3]. Partons. Je serais à l'amende[4]. Tu me mènes, baron.

MARCINELLE, *ôtant le châle et le lui présentant.* – Et ton châle ?

---

1. **Bonnet** : coiffe souple et sans bord porté par les femmes du peuple.
2. **Robe d'indienne** : robe de chambre. Ce qui suggère qu'Eurydice parlerait ici du travail de nuit...
3. **Dardar** : dare-dare, tout de suite.
4. **Être à l'amende** : être punie, réprimandée.

890 MADEMOISELLE EURYDICE. – C'est juste. *(Appelant.)* Jill ! *(Le groom, qui est resté sur le palier, entrouvrant la porte, elle lui jette le châle.)* Porte cela dans la voiture. *(Le groom emporte le châle.)*

LE BARON DE GERPIVRAC, *à Marcinelle décolletée.* – Oh ! restez femme. Ne devenez jamais ange. Quel dommage si vous aviez

895 des ailes ! on ne verrait plus ces épaules-là.

MARCINELLE, *à part.* – Ô mon Dieu ! c'est vrai. Mon paletot ! *(Elle remet en hâte son paletot.)*

LE BARON DE GERPIVRAC. – Nuage sur l'astre.

MADEMOISELLE EURYDICE, *à Marcinelle.* – De quoi as-tu peur ? tu

900 n'es donc jamais allée au bal[1] ? *(À part.)* Quelle égérie[2] ! *(Haut au baron de Gerpivrac.)* Vous êtes lyrique, baron. *(À part.)* On a beau ne pas tenir à ces imbéciles-là, on aime autant que devant vous ils ne disent pas de fadaises à d'autres. *(Haut.)* Au revoir, Marcinelle.

905 MARCINELLE. – Tu t'en vas ?

MADEMOISELLE EURYDICE. – Et au galop encore.

MARCINELLE. – Mon mari va rentrer. Tu n'attends pas mon mari ?

MADEMOISELLE EURYDICE. – Tu es mariée !

910 MARCINELLE. – Tu le sais bien, puisque tu as donné ton bouquet à mon mari.

MADEMOISELLE EURYDICE. – Es-tu bête d'être mariée ! légitimement mariée ! est-ce possible. Au reste, cela n'empêche pas.

---

1. **Bal** : événement alors crucial, puisque les festivités permettent de rivaliser d'élégance.
2. **Égérie** : d'abord le nom d'une nymphe que le roi Numa Pompilius disait consulter avant de donner les lois aux Romains. Puis femme qui passe pour l'inspiratrice d'une personnalité politique, d'un écrivain, d'un artiste.

Monsieur le baron de Gerpivrac, saluez madame, et venez me
915   rejoindre. Je cours devant. Il ne s'agit pas de manquer mon
entrée. Dites adieu. *(Elle sort.)*

Marcinelle et le baron de Gerpivrac restent seuls.

LE BARON DE GERPIVRAC, *à Marcinelle.* – Pas d'adieu. Je
reviendrai.

920   MARCINELLE. – Monsieur...

LE BARON DE GERPIVRAC. – Vous êtes adorable. Je vous adore. J'ai
deux cent mille francs de rente. Je reviendrai.

MARCINELLE. – Monsieur...

LE BARON DE GERPIVRAC. – Si vous me permettez de revenir, je vais
925   repasser tout à l'heure dans la rue, laissez votre fenêtre ouverte,
cela voudra dire oui. *(Il sort laissant la porte du fond entrebâillée.
On voit le palier de l'escalier. Un moment après qu'il a disparu, paraît
Edmond Gombert qui se penche sur la rampe avant d'entrer et paraît
regarder dans l'escalier.)*

930   MARCINELLE, *seule.* – Il m'a dit de laisser ma fenêtre ouverte. Je
tremble. Je n'ai rien fait encore, mais je pense. Penser, c'est
horrible. Ma fenêtre ouverte, cela voudra dire oui. En avant
de moi, ce luxe qui m'entraîne. En arrière, la jalousie qui me
pousse. Je me sens tirée comme par une main redoutable. Mon
935   pauvre Edmond ! Mais je l'aime pourtant. C'est lui que j'aime.
Oh ! Qui viendra à mon secours. *(Edmond Gombert entre.)*

SCÈNE CINQUIÈME

MARCINELLE, EDMOND GOMBERT.

EDMOND GOMBERT. – Qu'est-ce que c'est que ce flâneur-là[1] ?

MARCINELLE. – Ah ! C'est vous ! il y a des bouquets donc ! il paraît qu'il y a des bouquets.

940 EDMOND GOMBERT. – Est-ce qu'il sort d'ici, ce galopin ?

MARCINELLE, *montrant le bouquet sous le balai dans le coin de la cheminée.* – Voilà ce que j'en fais de vos bouquets. Regardez où je les mets, vos bouquets.

EDMOND GOMBERT. – Ce doit être un marquis, ce voyou. Je vous
945 demande si c'est de votre chambre que sort ce muscadin[2].

MARCINELLE. – Oui. C'est l'amant de votre maîtresse.

EDMOND GOMBERT. – De ma maîtresse ?

MARCINELLE. – De la Gros-Jeanne !

EDMOND GOMBERT. – Gros-Jeanne !

950 MARCINELLE. – De Mademoiselle Eurydice !

EDMOND GOMBERT. – Eurydice ?

---

1. **Flâneur** : celui qui flâne ou celui qui paresse, qui aime à rester oisif. Les deux sens peuvent s'appliquer au baron.
2. **Muscadin** : homme très coquet. Sous la Révolution et le Directoire : jeune royaliste qui affectait une mise excentrique (sens vieilli à l'époque de la pièce).

MARCINELLE. – De la chanteuse, de la paysanne, de la mijaurée[1], de la mafflue[2], de la femme au bouquet, de cette créature[3] !

EDMOND GOMBERT. – Me direz-vous ce qu'est venu faire ce petit
955 monsieur ici, à la fin !

MARCINELLE. – Mais j'ai un balai, moi.

EDMOND GOMBERT. – Je veux savoir...

MARCINELLE. – Je balaye ma chambre. Tant pis pour les choses qui y sont et qui ne doivent pas y être.

960 EDMOND GOMBERT. – Cet homme était chez vous. Vous m'expliquerez...

MARCINELLE. – On rentre tranquillement avec son carton, après avoir porté son ouvrage où on a passé des nuits, on ne s'attend à rien. Ah ! j'en suis revenue, allez, des bêtises et de la
965 confiance ! Aimez donc un homme, donnez votre jeunesse, et voilà à quoi aboutissent toutes les choses qu'on avait dans le cœur, à trouver des bouquets chez soi. – Bien soigneusement dans de l'eau. – Ah mon Dieu, il va se faner, prenez donc garde. Le bouquet d'une toupie[4] ! Soyez donc honnête femme ! Oui je
970 suis honnête femme, *(Elle va à la fenêtre et la ferme.)* et je vous demande un peu à quoi ça sert d'être pauvre, et de manger du pain sec, et de n'avoir pas de souliers aux pieds, pour qu'un homme vous joue de ces tours-là et fasse la bouche en cœur à toutes les passantes, et ne sache pas résister à un bouquet dans

1. **Mijaurée** : femme aux manières affectées, prétentieuses et ridicules.
2. **Mafflue** : dont la face, les joues sont pleines et rebondies. Par extension : corpulente, grosse et grasse.
3. **Créature** : personne qui tient sa fortune, sa position, de quelqu'un à qui elle est dévouée ou femme de mauvaise vie. Les deux sens peuvent s'appliquer à Eurydice.
4. **Toupie** : femme légère, de peu de vertu.

975 les pattes d'une drôlesse¹ ! En entrant, j'ai dit : il y a quelque
chose qui sent mauvais ici. Qu'est-ce qui pue donc comme cela ?
(Montrant le bouquet.) C'était cette marchandise du quai aux
Fleurs. Je n'expliquerai rien. Une femme vient ici pour le châle
de dentelle. Elle a son monsieur avec elle. Elle le fait monter.
980 Est-ce que cela me regarde ? Elle a l'air d'en être amoureuse folle
de son monsieur, votre madame.

EDMOND GOMBERT. – Benjamin Constant●avait raison de dire aux
Bourbons : Ça finira mal●. Ah ! les riches ne veulent pas laisser
les pauvres en paix. Est-ce que nous sommes encore dans la
985 féodalité par hasard ? Le droit du seigneur². C'est un seigneur
ce petit. Ah ! vous venez chez nous, messieurs. Eh bien, on en
fera des barricades ! la révolution sera terrible. Je comprends les
journées de septembre●. Croyez ce que vous voudrez, madame,
cela m'est égal. Est-ce que je suis responsable des bouquets des
990 personnes ? Une femme a un bouquet, il y a là le pot à l'eau.

---

1. **Drôlesse** : femme de mauvaise vie.
2. **Droit du seigneur** : coutume sans doute imaginaire qui aurait permis à un seigneur d'avoir des relations sexuelles avec la femme d'un vassal ou d'un serf la première nuit de ses noces.

● Homme politique et écrivain franco-suisse, admiré par Victor Hugo. Après l'assassinat du duc de Berry, le 13 février 1820, des lois d'exception sont proposées, Constant met alors en garde le régime dans un discours qui prédit leur fin à la dynastie des Bourbons. Chef de file de l'opposition libérale, connue sous le nom des « Indépendants », il défend le régime parlementaire.

● Marcinelle disait, à la fin de la première scène : « Tenez, je m'en vais, ça finirait mal », Hugo donne maintenant au propos une portée politique.

● Sans doute une allusion aux journées de septembre 1793. Le 4 septembre, une émeute rassemble sur la place de Grève à Paris deux mille ouvriers qui réclament que soient prises des mesures permettant au peuple d'être ravitaillé. Le 5 septembre, s'appuyant sur cette exigence, la Convention instaure la Terreur.

Est-ce que je peux empêcher le pot à l'eau d'être là ? Apprenez, mesdames, que ça ne dure pas longtemps sur nous autres vos effets de belles jupes, de plumes, de velours, de bijoux, de chiffons, que nous savons ce que cela nous coûte, et que, si ce n'est
995   pas nous qui les donnons, c'est nous qui les payons, apprenez que nos ivresses mauvaises, quand nous en avons, ne sont pas longues, et que ce qu'il y a de plus éblouissant pour moi, c'est la femme belle et pauvre, c'est l'honnêteté, le courage, les privations endurées à deux, la robe indigente, les doigts durcis à
1000   l'ouvrage, les yeux rougis par le travail ! Maintenant parce que madame est en colère, il faut que je sois petit garçon, et que je mette les pouces[1], et que je sois ridicule, et que je raconte l'histoire d'un bouquet. Est-ce qu'il y a un bouquet ? Laissez-moi tranquille. Tenez, séparons-nous●.

1005   MARCINELLE. – Oui, séparons-nous. Vous le dites avant moi, mais je le pensais avant vous.

EDMOND GOMBERT. – J'entends ne pas coucher ici ce soir.

MARCINELLE. – Partageons ce que nous avons, et allons-nous en chacun de notre côté.

1010   EDMOND GOMBERT. – Restez ici. Je m'en irai.

MARCINELLE. – Alors tout de suite.

EDMOND GOMBERT. – Tout de suite.

MARCINELLE. – Et que ce soit irrévocable. Que ce soit pour de bon.

EDMOND GOMBERT. – Séparation à jamais. Entendez-vous ?

1015   MARCINELLE. – Je l'espère bien.

---

1. **Mettre les pouces** : s'avouer vaincu.

● Le divorce n'est plus possible entre le 8 mai 1816 et le 27 juillet 1884. Ce qui est évoqué ici est donc la séparation de corps.

EDMOND GOMBERT. – Faisons le partage.

MARCINELLE. – Mon avoir n'est pas lourd, et le partage ne sera pas long.

EDMOND GOMBERT. – Chacun sa moitié. Gardez ce qui est à
1020 vous, je prendrai ce qui est à moi. Le commissionnaire du coin[1] est là, avec ses crochets et sa charrette. Il emportera mon déménagement.

MARCINELLE. – C'est dit.

EDMOND GOMBERT. – Et ne vous imaginez pas que je reviendrai.
1025 Dans une demi-heure ce sera fini.

MARCINELLE. – Dans dix minutes.

EDMOND GOMBERT. – Cinq s'il est possible. Vite.

MARCINELLE. – Partageons.

EDMOND GOMBERT. – Partageons.

1030 MARCINELLE, *procédant au partage du mobilier.* – Deux chaises. Une dépaillée.

EDMOND GOMBERT. – Pour moi.

Il prend la chaise dépaillée.

MARCINELLE, défaisant le buffet à la vaisselle. – Trois assiettes pour
1035 vous. Trois pour moi. *(Il pose les assiettes sur la chaise dépaillée. Elle met les siennes dans la cheminée. Chacun dans le partage fait son lot de son côté.)*

MARCINELLE. – Votre fourchette, votre couteau. *(Elle les lui remet.)* Voici les miens. Il n'y a qu'un verre.

1040 EDMOND GOMBERT. – Gardez-le.

MARCINELLE. – II n'y a qu'une table et qu'un miroir.

---

1. **Commissionnaire du coin** : homme posté au carrefour, qui exécute les diverses commissions dont on le charge (porter des malles, par exemple).

EDMOND GOMBERT. – Je prends la table. Prenez le miroir.

Il range la table près de la chaise. Elle décroche le miroir et le met contre la cheminée. Marcinelle ouvre la commode et vide les tiroirs. Elle fait 1045 *deux paquets.*

MARCINELLE. – Ce paquet est votre linge. Prenez.

EDMOND GOMBERT, *lui montrant l'autre paquet.* – Ceci est le vôtre ?

MARCINELLE. – Oui.

1050 EDMOND GOMBERT. – Bien.

MARCINELLE. – Voilà vos outils. *(Il entasse les outils près de la chaise.)* – Voici mon métier. *(Elle place son métier près de son paquet de linge.)*

Marcinelle ouvre le placard et en tire une petite robe blanche à bras- 1055 *sières de dentelles.*

MARCINELLE. – Pour moi.

EDMOND GOMBERT. – Non ! pour moi.

Il saisit un des bras de la robe. Elle retient l'autre.

MARCINELLE. – Ne tirez pas. Vous allez la déchirer.

1060 EDMOND GOMBERT. – Je la prends.

MARCINELLE. – Je la garde.

EDMOND GOMBERT, *lâchant la robe.* – Eh bien, oui. Garde-la. Je m'en vais tout seul. Elle te fera penser à moi.

MARCINELLE. – Non alors. Prends-la, toi. Emporte-la. Je te la donne. 1065 Elle t'empêchera de m'oublier.

EDMOND GOMBERT. – Va, garde-la.

MARCINELLE. – Emporte-la, te dis-je.

EDMOND GOMBERT. – Il y aurait un moyen que tu la gardes et que je l'aie.

1070 MARCINELLE. – Lequel ?

EDMOND GOMBERT. – Restons ensemble, ne nous séparons pas, ne nous quittons jamais. Marcinelle !

MARCINELLE. – Edmond !

EDMOND GOMBERT. – Aimons-nous ! Veux-tu ?

1075 MARCINELLE. – Tu vois bien que la petite le veut.

Ils tombent dans les bras l'un de l'autre, la petite robe serrée entre leurs deux poitrines.

H.H•. 14 mai 1866.

David Hardy, Flirt (1869), huile sur bois (Londres, collection particulière).

● Hauteville House est la résidence de Victor Hugo pendant son exil à Guernesey, de 1856 à 1870.

61

Percement de l'avenue de l'Opéra (1868).

LE DOSSIER

L'Intervention

Un vaudeville engagé

Le théâtre au XIXᵉ siècle

Pendant la première moitié du XIXᵉ siècle, les écrivains romantiques imposent leurs marques au théâtre. Ils vont profondément renouveler et transformer le genre, dans ses formes, ses thèmes et ses sujets.

Le romantisme

Mouvement littéraire européen qui se développe en France pendant la première moitié du XIXᵉ siècle, son début est marqué symboliquement par la fin de l'Empire napoléonien (1815) et son terme par l'échec de la Révolution de 1848 et de la IIᵉ République.

Les écrivains romantiques contestent la régularité classique, s'intéressent aux littératures étrangères, à l'Orient et à des périodes historiques comme le Moyen Âge et la Renaissance dont la variété correspond à leurs visions esthétiques.

Ils réhabilitent le sentiment personnel, la nature et, comme le fait Hugo dans L'Intervention*, donnent la parole à des personnages populaires.*

● LE MÉLANGE DES GENRES ET LE DRAME ROMANTIQUE

Jusqu'au début du XIXᵉ siècle, le théâtre est organisé selon le principe de la hiérarchie des genres fixé par Aristote : au genre noble de la tragédie s'oppose le genre bas de la comédie. La tragédie fait éprouver des émotions grandioses : « la terreur et la pitié », la comédie, des émotions plus faciles : le rire.

Les romantiques refusent cette séparation qu'ils jugent artificielle. En effet, ils considèrent que la nature, la vie, mélange ces émotions, qu'elle est à la fois drôle et tragique. Victor Hugo résumera cette idée dans la préface de sa pièce *Cromwell* (1827) : « il faut allier le sublime et le grotesque ». C'est ainsi qu'apparaît le drame romantique, genre qui mélange le comique et le tragique, avec des pièces dans lesquelles des personnages ordinaires, comme les ouvriers de *L'Intervention*, sont amenés à porter des sentiments nobles (comme le regret de l'enfant mort, ou la réconciliation dans l'amour) et non plus seulement à faire rire.

● L'APPARITION D'UN GENRE NOUVEAU : LE VAUDEVILLE

Au XIXᵉ siècle, le théâtre connaît un grand succès. Il reste un lieu important de sociabilité où l'on se retrouve et se rencontre. Il devient une source très importante de revenus pour les écrivains, qu'ils soient dramaturges ou simplement critiques. Un nouveau public populaire apparaît, qui suscite l'ouverture de théâtre sur les boulevards, à Paris, et le développement et le renouvellement de formes anciennes comme le vaudeville. Comédie de mœurs, le vaudeville met en scène des petits bourgeois aux prises avec des affaires d'adultère et de tromperie conjugale et dans lesquelles interviennent de nombreux rebondissements.

Le chassé-croisé des deux couples de L'Intervention, qui se séduisent et se jalousent, entrent et sortent par différentes portes, s'inspire de ce modèle léger : le comique y résulte de quiproquo, d'apartés et de malentendus.

● LA COMÉDIE LARMOYANTE OU SÉRIEUSE

Le dramaturge Nivelle de La Chaussée invente ce genre intermédiaire entre la comédie et la tragédie dans la seconde moitié du XVIIIᵉ siècle. Il s'agit alors d'introduire dans la comédie une dimension pathétique qui incite les spectateurs à la vertu. Des personnages simples, comme Edmond et Marcinelle, sont confrontés à une situation – ici les tentations d'Eurydice et du baron – qui pourrait ruiner leur vertu. Mais celle-ci finalement triomphe (Edmond et Marcinelle se réconcilient autour de la mémoire de leur enfant mort de misère).

Ce genre se développe au XIXᵉ siècle en explorant des thèmes politiques et sociaux, comme chez Victor Hugo qui met en scène des ouvriers vertueux, confrontés à la puissance tentatrice de riches corrupteurs. La pièce dénonce ainsi la misère et la faible rémunération du travail manuel.

Quelques drames romantiques

Hernani (1830), de Hugo, met en scène un prince espagnol enfiévré et maudit.
Lorenzaccio (1834), de Musset, met en scène un prince Florentin du XVᵉ siècle aux prises avec un destin tragique.
Fantasio (1834), de Musset, met en scène un jeune homme romantique en proie à la mélancolie de l'existence.
Ruy Blas (1838), de Hugo, met en scène un valet amoureux de la reine d'Espagne.

Qu'est-ce qu'une œuvre engagée ?

La littérature engagée prend parti dans les débats sociaux et tente, par le regard qu'elle porte sur les faits, de changer le monde ou la perception qu'en ont les lecteurs. L'intervention incite ainsi les spectateurs à changer leur point de vue sur la condition ouvrière au XIXᵉ siècle.

● **HISTOIRE DE L'ENGAGEMENT**

L'engagement de l'écrivain, ou plus généralement de l'artiste, est une notion récente, définie par l'écrivain et philosophe Jean-Paul Sartre dans son essai *Qu'est-ce que la littérature ?* (1948). Pour lui, l'écrivain est à la fois responsable et impliqué dans les événements de son époque et, en conséquence, il ne peut échapper au devoir d'y prendre part. Cette définition est en rupture avec l'image d'un artiste irresponsable sur le plan social et seulement impliqué dans le commerce avec les muses. Pour autant, avant Sartre, de nombreux écrivains se sont impliqués dans les affaires de leur époque.

> ### Quelques grands engagements avant le XIXᵉ siècle
>
> *Au XVIᵉ siècle, Agrippa d'Aubigné dresse un réquisitoire contre l'intolérance religieuse et les guerres de Religion dans* Les Tragiques.
> *Au XVIIᵉ siècle, en 1669, Molière prend fait et cause contre les faux dévots avec* Tartuffe *; Pascal prend la défense des Jansénistes, persécutés par Louis XIV dans les* Provinciales.
> *Au XVIIIᵉ siècle, les philosophes des Lumières s'impliquent dans le débat public. Voltaire écrit le* Traité sur la tolérance *pour réhabiliter Calas, un protestant injustement condamné, et les* Encyclopédistes *discutent la monarchie absolue.*

● **LE COMBAT DE VICTOR HUGO CONTRE LA PEINE DE MORT ET L'INJUSTICE**

Le combat pour l'abolition de la peine de mort est un des premiers engagements de Victor Hugo, qui écrit *Le Dernier Jour d'un condamné* (1829), puis *Claude Gueux* (1834), deux romans qui montrent la barbarie de la peine de mort. Il développe l'idée qu'il faut « cultiver la tête de l'homme du peuple » (*Claude Gueux*) – c'est-à-dire construire des écoles –, plutôt que de la couper. L'engagement politique de Hugo est plus tardif. D'abord légitimiste, donc partisan du roi, il est élu député conservateur (de droite) en 1848. Ce n'est qu'au

cours de l'été 1849 qu'il passe à gauche, indigné par la politique réactionnaire et égoïste de la majorité conservatrice. Il s'engage alors dans la lutte contre la misère, pour l'école laïque, la liberté de la presse. En 1851, il s'exile pour protester contre le coup d'État de Napoléon III qui fonde le Second Empire. *L'Intervention*, en mettant en scène la misère d'un couple d'ouvriers honnêtes aux prises avec un baron superficiel et cynique, fait écho à ces engagements, tout comme *Les Misérables*.

● LE COMBAT D'ÉMILE ZOLA POUR LA VÉRITÉ

Émile Zola (1840-1902), chef de file du naturalisme, est l'auteur d'une fresque sociale, *Les Rougon-Macquart*, qui décrit le Second Empire à travers une famille. Il accède à une immense célébrité avec *L'Assommoir* en 1877. Le roman provoque une violente polémique car on reproche à Zola sa complaisance à décrire les horreurs de la vie ouvrière. Il répond qu'il n'écrit que la vérité. C'est là son premier engagement : montrer la réalité sociale telle qu'elle est, pour inciter son public à s'indigner et à vouloir la transformer.

Mouvement littéraire de la deuxième moitié du xixe siècle qui se donne pour mission de décrire le monde tel qu'il est.

Il intervient ensuite activement dans l'affaire Dreyfus (1895-1906), capitaine juif alsacien accusé et condamné injustement de trahison. Dès lors que Zola est intimement convaincu de l'innocence de Dreyfus, il met tout son poids au service de cette cause. Le 13 janvier 1898, il publie un article : « J'accuse », qui diffame le président de la République et les membres de l'état-major de l'armée. Il est traduit devant un tribunal, ce qui provoque la réouverture du procès Dreyfus. Zola perd son procès mais obtient la vérité : Dreyfus est gracié puis réhabilité en 1906.

● L'ENGAGEMENT AU XXe SIÈCLE

Depuis Hugo, Zola et Sartre, l'écrivain est, qu'il le veuille ou non, engagé dans son époque. La Seconde Guerre mondiale et l'Occupation marquent un des moments phares de l'engagement. En effet, de nombreux poètes, notamment les surréalistes (Aragon, Desnos, Eluard), écrivains et artistes, mettent leurs œuvres au service de la Résistance et de la lutte contre la barbarie nazie. C'est au cours de cette période que sont créées les éditions de Minuit, alors clandestines. Après la Libération, cette maison continuera à éditer des livres et notamment des œuvres engagées en faveur de toutes les causes : décolonisation, indépendance de l'Algérie, luttes ouvrières de mai 1968...

Étape I • Étudier une scène d'exposition

SUPPORT • Scène première (p. 12)

OBJECTIF • Repérer les informations données par la première scène sur les personnages et l'intrigue.

As-tu bien lu ?

1 Pourquoi Marcinelle et Edmond se font-ils une « scène » ?
☐ parce que Marcinelle jette l'argent par les fenêtres
☐ parce qu'Edmond s'est amouraché d'une autre jeune femme
☐ parce qu'ils s'aiment mais redoutent chacun que l'autre ne s'éprenne
d'une personne plus riche

2 Pour « être jolie », que manque-t-il à Marcinelle, selon ses propres
termes ?

3 Qui doit venir chercher le châle raccommodé par Marcinelle ?

Un début au rythme très enlevé (l. 1-32)

4 Comment la scène débute-t-elle ? Cherche ce que veut dire commencer
une pièce *in medias res* ? Puis montre en quoi cette expression
s'applique au début de cette pièce.

5 Le rythme de ce début de scène est très rapide.
Montre-le en analysant la longueur des répliques et en observant
la manière dont elles s'enchaînent (à l'aide de répétitions
et de parallélismes).

Une scène d'exposition

6 Cette scène est appelée une scène d'exposition. Que signifie le mot
« exposition » dans cette expression ?

7 Que nous annoncent l'aparté final de Marcinelle et le monologue
d'Edmond Gombert ?

8 À chaque étape de la scène, indique ce qu'on apprend sur les personnages.

Étapes	Ce qu'on apprend
Lignes 1-32	Mariés, Marcinelle et Edmond...
Lignes 33-54	Marcinelle et Edmond sont...
Lignes 55-76	Marcinelle et Edmond ont perdu...
Lignes 77-88	Marcinelle et Edmond sont deux ouvriers qui...
Lignes 142-164	Edmond est révolté par le fait que...

La langue et le style

9 Explique pourquoi les expressions *rester fille* et *rester demoiselle* n'ont pas le même sens. Tu analyseras en particulier leurs sens dénoté et connoté.

10 L'apparence est quelque chose de crucial dans la pièce.
Relie chaque mot à son sens.

mirliflore •   • décoré

toilette •   • élément attirant

assaisonnement •   • vêtements

chamarré •   • jeune homme à l'élégance prétentieuse

Faire le bilan

11 Qu'as-tu appris à la lecture de la première scène ? Écris un paragraphe qui récapitule ce que tu sais des personnages et de l'histoire.

Donne ton avis

12 Les deux personnages accordent une grande importance à leur apparence vestimentaire. Est-ce encore vrai aujourd'hui ? Réponds de manière argumentée et nuancée, en t'appuyant sur des exemples pertinents, choisis dans tes lectures ou ton expérience personnelle.

Étape 2 • Étudier une scène de rencontre amoureuse

SUPPORT • Scène deuxième (p. 24)

OBJECTIF • Étudier les caractéristiques de la rencontre amoureuse dans un vaudeville.

As-tu bien lu ?

1 Qui est Eurydice, la personne venue chercher le châle de dentelle réparé ?
- ☐ une femme issue d'une famille de paysans
- ☐ une duchesse
- ☐ une chanteuse danseuse

2 Par quoi Eurydice est-elle séduite ?
- ☐ par l'aspect modeste de la pièce
- ☐ par la générosité et l'honnêteté d'Edmond
- ☐ par les idées politiques d'Edmond

3 Pourquoi Edmond s'enfuit-il à la fin de la scène ?

Une scène de séduction

4 Edmond est-il charmé par sa visiteuse ? Justifie ta réponse par une analyse précise de ses premières répliques en aparté.

5 Explique en quoi les expressions suivantes : *C'est comme une lumière brusque dans de la nuit* (l. 260), *C'est en sapin qu'est faite la bière* (l. 268) appartiennent au registre tragique. Relève une didascalie qui confirme cette interprétation.

6 Eurydice est charmée par la pauvreté d'Edmond, Edmond par la richesse d'Eurydice. Complète le tableau suivant pour le montrer.

Description d'Eurydice par Edmond (champ lexical de la richesse)	Description d'Edmond par Eurydice (champ lexical de la pauvreté)

7 En t'aidant des réponses aux deux questions précédentes, montre que l'amour d'Eurydice et Edmond est impossible.

8 Que représente le bouquet qu'Eurydice donne à Edmond ?

Les éléments d'un vaudeville

9 Montre que la scène présente deux quiproquos en complétant le tableau suivant.

Personnage qui se trompe	Personnage objet de la méprise	Erreur commise

10 Quels rôles la chanson à la fin de la première scène et dans la deuxième scène joue-t-elle ?

11 Relève les apartés dans cette scène. Qu'est-ce qui les rend vraisemblables ? Montre que certains créent un effet comique.

12 Quelle pourrait être la suite de cette scène dans un vaudeville classique ?

La langue et le style

13 En t'appuyant sur le relevé de deux ou trois exemples précis, montre que la manière de parler d'Eurydice trahit ses origines populaires.

14 Quels types de phrases emploient les deux personnages (l. 257-286) ? Quels sentiments cela révèle-t-il ?

Faire le bilan

15 À l'aide des mots proposés, complète le texte suivant pour définir ce qu'est un vaudeville : comédie – Marcinelle – quiproquos – séduire – tromperie – chansons.
À l'origine, le vaudeville est une pièce entrecoupée de .... comme celles qu'on entend au début de la scène. Au xixe siècle, il désigne une .... légère, pleine de rebondissements prenant la forme de ...., dans lesquels les personnages se trompent sur l'identité de leurs interlocuteurs (comme ici Edmond qui voit en Eurydice une duchesse). Il y est souvent question de .... amoureuse. C'est le cas ici, car Edmond se laisse .... par Eurydice, trompant ainsi ....

Donne ton avis

16 Les acteurs de cette scène ont à jouer de nombreux apartés. Rédige les didascalies qui précisent leur jeu.

Étape 3 • Étudier le dénouement

SUPPORT • Scène cinquième (p. 55)

OBJECTIF • Caractériser le dénouement et montrer le mélange du vaudeville et de la comédie sérieuse.

As-tu bien lu ?

1 Complète le tableau suivant pour vérifier que tu as mémorisé le déroulement de l'action.

Scène	Personnages en présence	Résumé de l'action (en une phrase)
Troisième		
Quatrième		
Cinquième		

2 Qu'est-ce que Marcinelle reproche à Edmond ?
- ☐ sa blouse
- ☐ sa pauvreté
- ☐ son intérêt pour Eurydice

3 Quel objet permet aux époux de se réconcilier ?

Le vaudeville se poursuit...

4 Compare cette dernière scène avec la première et montre qu'elles présentent toutes deux une scène de ménage, en t'appuyant sur au moins trois citations.

5 Qu'est-ce que les deux personnages se reprochent ? En quoi ces éléments relèvent-ils du vaudeville ?

6 Relève les différents quiproquos sur Eurydice et le baron au début de la scène.

7 Comment Marcinelle dévalorise-t-elle Eurydice aux yeux d'Edmond ?

... mais se renverse en comédie sérieuse

8 Les tirades de Marcinelle et Edmond (l. 962-1004) introduisent de nouveaux thèmes qui n'étaient pas présents au début de la scène. Complète ce tableau en associant chaque thème à une citation.

Thème	Citation
Les riches et les pauvres	
La politique	
L'honnêteté en amour	
Le droit de cuissage	
Le sens du partage	

9 L'action d'un vaudeville est habituellement située dans un milieu petit bourgeois. Dans quel milieu social se déroule cette pièce ? Quels enjeux cela ajoute-t-il à la pièce ?

10 Dans les dernières répliques, montre que l'amour joue le rôle du *deus ex machina* et qu'il modifie le registre de la dispute.

La langue et le style

11 Explique en quoi cette phrase de Marcinelle est ironique : *Aimez donc un homme, donnez votre jeunesse, et voilà à quoi aboutissent toutes les choses qu'on avait dans le cœur, à trouver des bouquets chez soi. – Bien soigneusement dans de l'eau. – Ah mon Dieu, il va se faner, prenez donc garde. Le bouquet d'une toupie !* (l. 965-969)

Faire le bilan

12 À partir de tes réponses aux questions précédentes, écris un paragraphe montrant que ce dénouement combine les éléments du vaudeville et de la comédie sérieuse.
Tu emploieras le vocabulaire suivant : quiproquo – scène de ménage – tromperie – registre comique – jalousie – registre pathétique – dimension morale – thèmes sociaux et politiques – triomphe de l'amour.

À toi de jouer

13 Le dénouement imaginé par Hugo peut paraître invraisemblable. Propose plusieurs autres fins possibles. Indique celles qui relèvent de la comédie et celles qui pourraient convenir à d'autres genres de pièces, comme la tragédie.

Étape 4 • Analyser le thème de l'injustice sociale

SUPPORT • Scènes deuxième à cinquième (p. 24 à 61)

OBJECTIF • Définir la catégorie sociale des personnages et mettre en évidence l'iné-galité des conditions.

As-tu bien lu ?

1 Lorsqu'il aperçoit Eurydice (scène deuxième), Edmond la prend pour :
☐ une duchesse   ☐ la concierge   ☐ une cliente

2 Qui est en réalité Eurydice ? Comment l'apprend-on ?

3 Les répliques du baron (scène quatrième) montrent qu'il fréquente :
☐ les casinos   ☐ la bourse   ☐ les champs de course
Justifie ton choix par une citation.

4 Qui accompagne le baron au début de la scène quatrième ?

Un baron caricatural (scène quatrième)

5 Quels sont les deux thèmes de la première réplique du baron ?
Que peut-on en déduire de ce personnage ?

6 Que veut dire le baron quand il affirme : *Nous voulons savoir ce qu'une chose rapporte* (l. 790) ?

7 Lorsque le baron parle du prince Koff (l. 742-745), relève les expressions qui montrent que pour lui les hommes sont interchangeables.

8 En t'appuyant sur ta réponse à la question précédente, montre que pour le baron les femmes aussi sont interchangeables, en justifiant ton analyse par des citations précises.

9 Quelles indications sur le baron peut-on retirer de son obsession pour les vêtements et l'apparence ?

Les inégalités de condition

10 Dans la scène troisième, Eurydice parle très en détail du travail de la dentelle. Quelle idée Victor Hugo veut-il communiquer aux spectateurs sur les conditions de travail des dentellières ?

11 Les références aux gains d'argent sont nombreuses dans la pièce. Complète le tableau ci-dessous puis commente les différences.

Type de gain	Montant du gain
Une journée de travail de Marcinelle	
Une journée de travail d'Edmond	
Le cachet d'Eurydice pour sa chanson et sa danse	
Les gains annuels d'Eurydice	
La somme annuelle recueillie dans le tronc des pauvres à Bade	
La rente annuelle du baron	

12 Quelle opinion politique Edmond défend-il au début de la scène cinquième ? En t'aidant des notes et de la vie de Victor Hugo (p. 8), montre qu'Edmond est ici le porte-parole de l'auteur.

La langue et le style (scènes quatrième et cinquième)

13 Quelle figure de style le baron emploie-t-il dans les expressions *cette fleur* (l. 726) ou *vous êtes un bijou* (l. 840) ? Quelle indication peux-tu en tirer sur la manière dont il considère les autres ?

14 Dans la tirade d'Edmond (l. 982-1004), quelles sont les marques de la colère ?

Faire le bilan (scènes troisième et quatrième)

15 Après avoir complété le tableau ci-dessous, rédige un paragraphe argumenté montrant que les personnages de la pièce représentent les ouvriers et les nobles de l'époque et illustrent les inégalités de la société.

	Origine sociale	Métier	Revenu	Opinions politiques
Le baron				
Edmond				
Eurydice				
Marcinelle				

Donne ton avis

16 « L'ouvrier s'appauvrit d'autant plus qu'il produit plus de richesse, que sa production croît en puissance et en volume. L'ouvrier devient une marchandise. Plus le monde des choses augmente en valeur, plus le monde des hommes se *dévalorise*. (Karl Marx, *Manuscrits de 1844*, traduction de M. Rubel, © Gallimard, coll. « Bibliothèque de la Pléiade », 1968). D'après toi, Victor Hugo partage-t-il ce point de vue ?

Étape 5 • Étudier le motif de la femme entretenue

SUPPORT • L'ensemble de la pièce (en particulier les scènes deuxième et quatrième)

OBJECTIF • Analyser les personnages féminins et mettre en évidence le point de vue de l'auteur sur la condition des femmes de son époque.

As-tu bien lu ?

1 Qu'ont en commun Eurydice et Marcinelle ?

2 Pourquoi Eurydice est-elle en ménage avec le baron ?

3 Que reproche le baron à Eurydice ?
☐ son âge
☐ sa manière de s'habiller
☐ le fait d'avoir de l'esprit et un avis politique

4 Pour séduire Marcinelle, le baron dit :
☐ Edmond ne vous aime plus
☐ j'ai deux cent mille francs de rente
☐ je vous aime

Eurydice : une paysanne devenue une chanteuse entretenue

5 À partir de la didascalie finale de la scène première, explique comment est vêtue Eurydice ? Qu'est-ce que cela nous apprend sur le personnage ?

6 Au début de la scène deuxième (l. 263-364), Eurydice décrit sa situation. Quel sentiment éprouve-t-elle par rapport à sa jeunesse et pourquoi ?

7 Relève, dans la scène deuxième, les avantages qu'Eurydice retire de sa situation de chanteuse et de sa relation avec le baron.

8 Explique en quoi l'aparté du baron sur Eurydice (l. 809-816) montre qu'elle est une femme entretenue et qu'elle a échangé son indépendance contre l'aisance matérielle.

9 Cherche trois autres exemples dans la pièce qui confirme ton analyse de la question précédente.

Deux femmes du peuple que tout oppose

10 Au début de la scène deuxième, Eurydice semble envier la situation de Marcinelle. Fais la liste des raisons qui motivent ce sentiment.

11 Marcinelle, contrairement à Eurydice, n'est pas « entretenue ». En étudiant les dialogues avec Eurydice et le baron (scènes troisième et quatrième), fais la liste des raisons qui pourraient la pousser à partager la condition d'Eurydice.

12 En t'appuyant sur la fin de la scène quatrième, relève les valeurs qui empêchent finalement Marcinelle de devenir une femme entretenue.

La langue et le style

13 *À la bonne heure, voilà une toilette. C'est ce que j'appelle être habillée. Le moyen qu'une femme ne soit pas jolie ! Est-elle jolie celle-là !* (l. 458-460) En quoi la syntaxe de cette réplique souligne-t-elle que Marcinelle est fascinée par l'apparence d'Eurydice ?

14 *Tristes femmes joyeuses que nous sommes !* (l. 720). Quelle figure est employée dans cette phrase ? Que dit-elle sur la condition des femmes ?

Faire le bilan

15 En t'appuyant sur tes réponses aux questions précédentes, montre que la pièce révèle et dénonce la situation de dépendance des femmes au XIXe siècle.

16 Recherche l'étymologie et le sens du terme « émancipation ». Montre ensuite qu'Eurydice joue le rôle d'une « émancipatrice » à l'égard de Marcinelle.

Donne ton avis

17 Sous la forme d'une lettre écrite à une personne de ta connaissance, tu compareras les situations respectives d'Eurydice et de Marcinelle en indiquant laquelle te semble préférable et pourquoi. Tu utiliseras des arguments précis et tu citeras le texte pour les justifier.

Étape 6 • Analyser le thème du vêtement

SUPPORT • L'ensemble de la pièce et l'enquête

OBJECTIF • À l'aide des informations de l'enquête, comprendre le rôle du vêtement dans la pièce.

As-tu bien lu ?

1 Que porte Marcinelle ?
☐ une robe simple sans aucun atour
☐ de riches vêtements
☐ un costume de travail

2 Lorsqu'Edmond demande à Marcinelle *d'être fier de sa blouse*, il veut dire :
☐ qu'il porte une belle blouse
☐ qu'elle ne doit pas avoir honte de sa condition d'ouvrière
☐ qu'elle lui a cousu une belle blouse

3 La robe d'Eurydice est en :
☐ fourrure de yak   ☐ poil de chameau   ☐ cotonnade

4 Le baron de Gerpivrac porte à la main :
☐ un parapluie   ☐ une épée   ☐ un *stick*

Les vêtements : outils de séduction et marques du rang social

5 **a.** Quel rôle les vêtements jouent-ils dans la jalousie qu'éprouvent Marcinelle et Edmond l'un pour l'autre (scène première) ?
b. En analysant les répliques d'Edmond au début de la scène deuxième, montre que ce rôle joué par les vêtements se confirme avec l'arrivée d'Eurydice.

6 Relis la description que fait Eurydice d'Edmond (l. 287-307) puis celle de Marcinelle par le baron (l. 257-262). Que disent-elles sur le rôle des vêtements pour ceux qui les portent ?

7 En t'appuyant sur les propos du baron dans la scène quatrième, explique en quoi les vêtements, le comportement, l'alimentation ne sont pas seulement utilitaires mais traduisent aussi une culture et une appartenance sociale.

La satire des riches à travers leurs apparences

8 Relève les formules qui indiquent qu'Eurydice porte des vêtements voyants.

9 Quel jugement est porté sur l'apparence des riches dans ces phrases ?
a. *Oh ! je vois bien des désavantages, va ! tes mirliflores ont des gants blancs, et moi j'ai les mains noires du travail. Fainéants !* (l. 52-54)
b. *Un de ces affreux beaux du Bois de Boulogne. Un escogriffe avec un petit carreau dans le coin de l'œil, un grand dadais à cheval avec une cravache et l'air d'une brute. Crétin !* (l. 108-111)

La langue et le style

10 Identifie le champ lexical dominant dans ce passage : *Mettez-moi à ce petit pied... une merveille* (l. 835-841), puis fais-en le relevé.

11 Cherche d'autres mots de ce même champ lexical dans la pièce. Que peux-tu en conclure sur son importance ?

Faire le bilan

12 Montre que, dans la pièce, le vêtement révèle le rang social en complétant le texte ci-dessous. Utilise les mots et expressions suivants : aile de perroquet – anglomanie – blouse – casquette – képi – ouvriers – plume blanche – richesse – robe de cotonnade – *stick* – voile vert.
Le baron porte un .... à la main et un .... au chapeau ; son vêtement traduit son .... et sa .... Eurydice est sa maîtresse et il l'a parée de manière voyante : elle porte une ....
sur ses cheveux, comportant une .... et une ....
À l'inverse, Edmond porte une simple .... et un ...., Marcinelle, une ...., ce qui montre leur statut d'......... .

À toi de jouer

13 Tu discuteras dans un développement argumenté comportant une introduction, un développement et une conclusion l'affirmation suivante : les vêtements indiquent l'origine sociale de ceux qui les portent.

Étape 7 • Définir le genre de la pièce et mettre en évidence son caractère engagé

SUPPORT • L'ensemble de la pièce

OBJECTIF • Identifier la critique sociale dans ce vaudeville réaliste.

As-tu bien lu ?

1 Quels couples forment les quatre personnages au début de la pièce ? Quels nouveaux couples semblent se former au cours de la pièce ?

2 À quelle classe sociale appartiennent les deux femmes séduites par le baron ?

3 Le baron veut quitter Eurydice car (plusieurs réponses possibles) :
- ☐ il est séduit par Marcinelle
- ☐ elle est partie avec Edmond
- ☐ elle l'ennuie
- ☐ il la juge vulgaire
- ☐ elle est devenue une « rouge »

4 Quel personnage dénonce les inégalités entre pauvres et riches ?

Un vaudeville comique...

5 Complète le tableau pour montrer le chassé-croisé entre les deux couples.

	Scène première	Scène deuxième	Scène troisième	Scène quatrième	Scène cinquième
Personnages					
Sentiments éprouvés					
Actions					

... ou une pièce réaliste engagée ?

6 Victor Hugo décrit précisément les conditions de vie des deux ouvriers, Edmond et Marcinelle. Précise-les à l'aide du tableau suivant.

Habitat	
Costumes	
Revenus et conditions de travail	
Langage	

7 Explique pourquoi le thème de l'enfant mort (scènes première et deuxième) relève plus du théâtre réaliste et politique que du vaudeville.

8 **a.** Compare les deux couples selon trois axes :
– les conséquences qu'aurait pour eux une séparation ;
– leur morale ;
– leur point de vue politique.
b. Explique lequel des deux couples apparaît comme un modèle à suivre, en justifiant ta réponse.

9 Explique le titre *L'Intervention*.

10 Comment Victor Hugo, à travers les personnages d'Edmond et du baron, oppose-t-il une vision républicaine et une position favorable au pouvoir impérial ?

La langue et le style

11 **a.** Analyse le mode et le temps des verbes dans la phrase suivante : *Si nous n'étions pas pauvres nous ne serions pas jaloux* (l. 33-34).
b. La subordonnée de condition exprime-t-elle ici le potentiel ou l'irréel du présent ?

12 Quelle figure de style est présente dans la phrase suivante : *Ah ! les autres femmes, quelles parures, quels équipages, quels tapages !* (l. 47-48). Quelle nuance apporte-t-elle ?

Faire le bilan

13 À l'aide de tes réponses aux questions précédentes, explique de manière argumentée pourquoi *L'Intervention* est à la fois un vaudeville et une pièce réaliste engagée.

Donne ton avis

14 Selon toi, la littérature, la bande dessinée, la photo, le cinéma... peuvent-ils être des moyens efficaces pour lutter contre la misère et d'autres injustices. Tu répondras de manière argumentée en t'appuyant sur des exemples personnels.

Le peuple :
groupement de documents

OBJECTIF • Comparer plusieurs documents du xixe siècle dans lesquels apparaissent des représentants du peuple.

DOCUMENT 1 🖋 ÉMILE ZOLA, *L'Assommoir*, chapitre 10, 1877.

Dans ce chapitre, Gervaise et Coupeau viennent de fêter la communion de leur fille Nana. Ils tombent ensuite dans la misère et s'installent dans un appartement sordide au sixième étage. Zola veut interpeller ses lecteurs issus de la bourgeoisie et fait un tableau pathétique de la condition ouvrière.

Mais ce fut là le dernier beau jour du ménage. Deux années s'écoulèrent, pendant lesquelles ils s'enfoncèrent de plus en plus. Les hivers surtout les nettoyaient. S'ils mangeaient du pain au beau temps, les fringales arrivaient avec la pluie et le froid, les danses devant le buffet, les dîners par cœur, dans la petite Sibérie de leur cambuse[1]. Ce gredin[2] de décembre entrait chez eux par-dessous la porte, et il apportait tous les maux, le chômage des ateliers, les fainéantises engourdies des gelées, la misère noire des temps humides. Le premier hiver, ils firent encore du feu quelquefois, se pelotonnant autour du poêle, aimant mieux avoir chaud que de manger ; le second hiver, le poêle ne se dérouilla seulement pas, il glaçait la pièce de sa mine lugubre de borne de fonte. Et ce qui leur cassait les jambes, ce qui les exterminait, c'était par-dessus tout de payer leur terme[3]. Oh ! le terme de janvier, quand il n'y avait pas un radis à la maison et que le père Boche présentait la quittance ! Ça soufflait davantage de froid, une tempête du Nord. M. Marescot arrivait, le samedi suivant, couvert d'un bon paletot[4], ses grandes pattes fourrées dans des gants de laine ; et il avait toujours le mot d'expulsion à la bouche, pendant que la neige tombait dehors, comme si elle leur préparait un lit sur le trottoir, avec des draps blancs. Pour payer le terme, ils auraient vendu de leur chair. C'était le terme qui vidait le buffet et le poêle. Dans la maison entière, d'ailleurs, une lamentation montait. On pleurait à tous les étages, une musique de malheur ronflant le long de l'escalier et des corridors.

1. **Cambuse** : petite chambre misérable, taudis.
2. **Gredin** : personne dénuée de toute valeur morale. Ici, ce « voleur » de décembre qui pénètre la maison et vola la santé de tous.
3. **Terme** : loyer.
4. **Paletot** : pratique avec ses vastes poches, il se répand à partir de 1865. Il est fait de matériaux solides et peu onéreux parce qu'il est produit en grande série.

Si chacun avait eu un mort chez lui, ça n'aurait pas produit un air d'orgues aussi abominable. Un vrai jour du jugement dernier[5], la fin des fins, la vie impossible, l'écrasement du pauvre monde. La femme du troisième allait faire huit jours au coin de la rue Belhomme. Un ouvrier, le maçon du cinquième, avait volé chez son patron.

5. **Jugement dernier** : mythe selon lequel un jugement solennel aurait lieu à la fin du monde, au cours duquel la puissance de Dieu éclaterait aux yeux de tous, vivants et morts, qui ressusciteraient à ce moment-là et recevraient publiquement leur récompense ou leur punition éternelle.

DOCUMENT 2 🔊 CHARLES PONCY, sonnet.

Charles Poncy, né à Toulon en 1821, travaille, dès l'âge de neuf ans, au service de maçons, métier qu'il exercera de nombreuses années. Entrepreneur de maçonnerie sous le Second Empire, il s'enrichit par des spéculations immobilières. Il doit sa renommée de poète ouvrier, certes, à ses poèmes, mais aussi à l'intérêt que lui porte George Sand qui salue en lui « l'ascension du peuple vers la littérature de l'art ».

Je vais vous esquisser, en un seul trait de plume,
Ma vie et son étrangeté :
Dans le plâtre, dans l'eau, dans la chaux qu'elle allume,
La misère, à dix ans, tout chétif[1] m'a jeté.

Depuis, j'ai lambrissé[2] le boudoir[3] que parfume
L'haleine de la volupté[4],
Blanchi la cathédrale où l'encens[5] divin fume,
La guinguette[6] où l'on boit le vin et la gaîté.

1. **Chétif** : faible, fragile dont l'aspect donne une impression de faiblesse ou de fragilité, qui dénote une santé médiocre.
2. **Lambrisser** : poser, à l'intérieur d'un comble, un lattis serré cloué sur les chevrons et enduit de plâtre qui constitue les cloisons pentues d'un grenier.
3. **Boudoir** : petite pièce élégante dans laquelle la maîtresse de maison se retire pour être seule ou s'entretenir avec des intimes. Lieu où s'accordent les plaisirs intimes et où, le cas échéant, se traitent des affaires secrètes.
4. **Volupté** : impression extrêmement agréable, donnée aux sens par des objets concrets, des biens matériels, des phénomènes physiques, et que l'on se plaît à goûter dans toute sa plénitude.
5. **Encens** : résine aromatique d'origine orientale, qui dégage une odeur caractéristique en brûlant, notamment utilisée dans les cérémonies religieuses.
6. **Guinguette** : cabaret populaire (notamment en banlieue parisienne), le plus souvent en plein air, dans la verdure, où l'on peut consommer et danser.

Dans les maisons de jeu, dans ces antres infâmes
Où le vice effronté prend le masque des femmes,
Sur les toits, dans la cave, on me fait travailler.

Mon marteau démolit le palais, la chaumière[7] ;
Et mon œil étonné, dans leurs flots de poussière,
Croit voir muets d'effroi les siècles s'envoler.

7. **Chaumière** : maison simple ou pauvre.

DOCUMENT 3 EDGAR DEGAS, *Les Repasseuses*, 1884.

Si le thème du travail dans la peinture est courant en Hollande depuis le XVIIe siècle, ce sujet est jugé indigne en France. Au XVIIIe siècle, Boucher et Fragonard ont, certes, peint des lavandières, mais pour montrer des scènes galantes et des paysages oniriques. Millet est un des premiers, au milieu du XIXe siècle, à décrire sans détour le labeur comme c'est le cas dans cette toile d'Edgar Degas.

Huile sur toile
(Paris, musée d'Orsay).

As-tu bien lu ?

1 Que raconte l'extrait de *L'Assommoir* (document 1) ?

2 Montre que le poème de Poncy (document 2) se présente comme autobiographique.

3 Décris les trois plans du tableau de Degas (document 3) en précisant les éléments qui les composent.

Une représentation pathétique de la misère ouvrière

4 Montre que les deux textes présentent des situations pathétiques.

5 Les deux textes suivent un crescendo : pour chacun d'eux, repère les étapes principales.

Une mise en scène intime

6 Lequel des deux textes adopte la façon de parler des ouvriers ? Justifie ta réponse.

7 Montre comment le sonnet de Poncy (document 2) et le tableau de Degas (document 3) parviennent à décrire la misère de manière intime.

8 Indique comment Zola (document 1) fait de son texte une présentation épique de la misère et pas seulement une description intime.

Lire l'image

9 Présente le document : précise quels en sont les thèmes, le genre, la technique, l'auteur et l'époque en t'aidant du titre et de tes connaissances personnelles.

10 Que nous apprennent les trois plans de cette image sur les personnages ?

11 Qu'est-ce qui souligne la fatigue des personnages ?

12 Qu'est-ce qui montre l'impression d'instantané ?

13 Dirais-tu que la scène est comique ou pathétique ?

À toi de jouer

14 À ton avis, quels seraient aujourd'hui les types de personnages équivalents de ceux qui sont présentés dans ces trois documents ? Justifie ta réponse par au moins trois arguments pour chaque type de personnage.

Durant le Second Empire, l'apparence diffère selon les classes sociales. Grâce aux vêtements, on affiche ainsi sa richesse ou l'on essaie de masquer sa pauvreté, on veut séduire, on souhaite montrer sa culture... On existe donc en grande partie à travers son apparence vestimentaire.

Le vêtement sous le Second Empire

L'ENQUÊTE EN 4 ÉTAPES

Quelles sont les classes sociales sous le Second Empire ?

Sous le Second Empire, en France, les différences entre les classes sociales sont très importantes. Le rôle et la place de chacun sont déterminés dans la société, ce qui encourage les inégalités.

● **LES NOBLES**

Les nobles ont un rôle important dans les fonctions publiques, civiles et militaires, sur le plan économique, dans l'agriculture, dans la vie intellectuelle et religieuse, dans l'action et la réflexion sociales. Être *noble* (par naissance ou anoblissement) donne des privilèges. Mais cette classe sociale recouvre différentes réalités. Ainsi, s'il existe des nobles désargentés, la gestion du patrimoine de la noblesse riche se rapproche de plus en plus de celle du patrimoine des grands bourgeois.

Portrait d'homme en habit de préfet du Second Empire (1852-1860).

La noblesse d'Empire

Napoléon Ier crée la noblesse d'Empire en 1808, pour fédérer une élite stable, réunissant l'ancienne noblesse, la bourgeoisie révolutionnaire et les personnes anoblies lors du Premier Empire. Cette noblesse dispose d'un ensemble de biens fonciers ou de rentes, produisant un revenu fixé en fonction du titre de noblesse dont bénéficient ensuite leurs descendants. Pour obtenir un titre de baron, il faut être maire d'une grande ville, ou évêque. De nombreux généraux sont également titrés barons de l'Empire, comme c'est le cas pour le grand-père du baron de Gerpivrac dans *L'Intervention*.

● LES BOURGEOIS

Il existe des différences de classes à l'intérieur même de la bourgeoisie. Certains bourgeois détiennent un capital suffisant pour vivre de leurs rentes : ils forment la grande bourgeoisie. Les marchands, les professions libres, le clergé et les cadres bien rémunérés constituent la bourgeoisie moyenne tandis que les petits indépendants ou des employés forment la petite bourgeoisie.

● LES PAYSANS

Au cours du XIXᵉ siècle, le monde paysan, qui représente encore en 1850 les trois quarts de la population française, se modifie et acquiert un poids plus important dans la vie politique. L'agriculture se modernise et le marché agricole s'unifie. Toutefois, le système agricole reste fragile, soumis à de nombreux aléas (notamment climatiques) ; dans certaines régions, les structures sociales et les techniques agraires restent anciennes. C'est pourquoi des paysans doivent quitter les campagnes pour s'installer en ville, comme c'est le cas pour Marcinelle et la Gros-Jeanne dans *L'Intervention*.

● LES OUVRIERS

L'ouvrier travaille douze heures par jour, sur les chantiers, par exemple (c'est un *manœuvre*), ou seul, chez lui (il est alors *spécialisé*), ou dans les usines et les fabriques. Il craint le chômage (notamment à cause des progrès techniques) et d'être jeté à la rue s'il ne peut payer son loyer. Même si les trois quarts des dépenses sont consacrées à la nourriture, il se nourrit souvent mal (la viande coûte très cher, le pain est l'aliment principal), et ne peut, en l'absence de sécurité sociale, se soigner et acheter des médicaments : le taux de mortalité est plus élevé dans la classe ouvrière que dans les autres classes. La structure familiale est souvent instable : le concubinage et les naissances illégitimes sont fréquents.

L'évolution des droits des ouvriers

Durant la deuxième moitié du XIXᵉ siècle, les ouvriers réussissent peu à peu à faire valoir leurs droits. Ils ont ainsi dû lutter pour faire reconnaître le droit de grève (en 1864), les mutuelles, les syndicats (légalisés en 1884), mais aussi les retraites (obtenues en 1884) ou les bourses du travail (en 1887). Les actions d'émancipation ont donc souvent été illégales : la première grève des ouvriers, à Lyon, était hors-la-loi. Les ouvriers ont aussi dû se regrouper : s'ils voulaient bénéficier de l'aide d'une mutuelle qui pouvait les aider en cas de maladie ou de chômage, il leur fallait payer un droit d'entrée puis une cotisation.

2

Comment s'habillent les hommes de la haute société ?

Vivant surtout en ville, les nobles et les bourgeois rivalisent d'élégance en suivant des codes vestimentaires. Ceux-ci sont suggérés par la cour de Napoléon III ou la société anglaise.

● LE SOUCI D'ÉLÉGANCE

Les hommes aisés valorisent la simplicité de leur apparence, inspirée par l'austérité victorienne[1] : le noir domine. Les vêtements sont boutonnés haut. La coiffure masculine est simple, plate, la barbe soignée, courte, comme la moustache et les favoris. Les pantalons, évasés en « pattes d'éléphant », sont à rayures ou en écossais le jour, mais noirs ou blancs le soir.

● LES ACCESSOIRES

Les accessoires sont des signes de distinction. Le lorgnon est à la mode, ainsi que le *carreau* (le monocle), la montre à gousset[2] ou les boutons travaillés. L'élite dévalorise la fonction pratique des vêtements : la canne n'a généralement pas de valeur utilitaire et le chapeau ne protège plus du soleil (le noble ne travaille pas à l'extérieur). Les vêtements masculins doivent s'accorder avec la toilette féminine.

Les vêtements constituent donc un langage qui doit montrer la subtilité de l'esprit et l'accord entre les êtres d'une même classe sociale.

Le dandy et l'anglomanie

Le mot dandy, *d'origine anglaise, a d'abord désigné Georges Brummell qui, au début du XIXe siècle, a incité les hommes à porter des vêtements discrets mais raffinés. L'anglomanie est telle que le* fashionable *désigne une personne à la mode. On copie les mœurs anglaises (les courses de chevaux, les cercles ou clubs). On emploie des mots comme* jockey *ou* punch *(boisson anglaise). Le dandy veut recréer une aristocratie qui n'est pas celle du lignage[3], mais celle d'un art du détail luxueux. La toilette est l'une de ses principales occupations. Les dandys exècrent la vie de famille et le mariage. Ils aiment le jeu, les risques. Certains dandys, surnommés des* Lions, *font l'objet de caricatures.*

---

1. Relatif à la reine Victoria d'Angleterre (1837-1901). L'austérité victorienne se caractérise par l'absence de fantaisie.

2. Montre glissée dans le « gousset », petite poche du gilet ou de la veste.

Le gant

Le gant protège de l'agressivité de la ville. Il se porte aussi la nuit sur une crème réparatrice et chère qui blanchit la main : on prend soin du capital que constitue le corps. La codification du port des gants montre le savoir-vivre de son propriétaire : foncés le matin, en demi-teinte pour les visites, ils sont couleur paille pour aller au théâtre, mais blancs pour le bal. Enfin, la main gantée paraît plus fine, témoignant ainsi de la finesse supposée de l'esprit.

● OÙ SE MONTRE-T-ON ?

Les bourgeois comme les nobles pratiquent la flânerie, à travers les passages[3] et les cafés, les gares et les grands magasins, qui se multiplient à l'époque. Mieux qu'un salon mondain, où il est de bon ton d'être invité, la promenade permet de rencontrer des personnes influentes et d'avancer dans la vie.

Les loisirs sont également devenus une valeur pour les classes dirigeantes et les lieux de villégiature, avec les casinos, se multiplient (Dieppe, Fécamp, Le Havre, Trouville...). Le phénomène est à la mode : la petite plage de Biarritz devient, sous le Second Empire, la plage préférée de l'impératrice Eugénie.

3. Groupe de parents dont les membres se considèrent comme descendants d'un ancêtre commun.

Enfin, autre signe de richesse : pour ces voyages, il est préférable de prendre le train, notamment de luxueux wagons-salons.

La promenade au Bois

En bordure de Paris, le Bois de Boulogne, redessiné par le baron Haussmann et qui s'étend sur plus de huit cents hectares, est en quelque sorte un lieu de spectacle où chacun se montre en jouant son rôle : aristocrate, coquette, cocotte, actrice, parvenu, mais aussi cocher, nourrice, petits métiers... Tandis que les uns déjeunent, s'amusent, aiment, d'autres, modestes bourgeois, petits fonctionnaires, employés de maison, les regardent avec dégoût ou admiration.

Café-concert des Champs-Élysées, *Scènes et mœurs de Paris.*

Comment s'habillent les femmes élégantes ?

La mode féminine est essentielle au XIXe siècle. Sous le Second Empire, elle se singularise par l'influence de la cour de Napoléon III, et de l'impératrice Eugénie en particulier, considérée comme la reine de la mode.

● **L'ALLURE FÉMININE**

La femme élégante se distingue par des vêtements supposés refléter la subtilité de son esprit. Ils sont unis, puis rayés et leurs couleurs, de plus en plus soutenues, font prédominer les verts et les bleus. La toilette, très variée, dépend des lieux et des moments de la journée (le matin, à l'intérieur, on porte des « matinées »). Les manches sont larges en haut et ouvertes et très larges en bas pour laisser tomber la dentelle mettant en valeur la finesse d'une main gantée.

La mode est aux coiffures dites à l'antique, constituées d'une tresse en diadème sur le devant et d'un chignon derrière.

La toilette d'une épouse est d'autant plus importante qu'elle reflète aussi la bonne situation de son mari. Les tissus coûteux sont donc à la mode : soies, satins, taffetas, brocarts, moires, crêpes, tulles et mousselines. On montre son goût pour l'exotisme, en appréciant, par exemple, le cachemire[1].

Les signes extérieurs de richesse

Avoir du linge (draps, nappes, serviettes, torchons...) est un signe de richesse : sous le Second Empire, jusqu'à la veille du mariage, on expose ainsi le trousseau[2] dans la chambre de la fiancée ainsi que les cadeaux qui lui sont offerts (dentelles transmises de génération en génération, fourrures...).

De la même manière, porter une aumônière[3], brodée et décorée, suggère l'appartenance à une classe argentée : seuls les riches pouvaient ainsi donner de l'argent aux nécessiteux.

Dans L'Intervention, Eurydice en porte une.

---

1. Étoffe chère, obtenue par le tissage du duvet recouvrant la poitrine des chèvres du Cachemire ou du Tibet.

2. Vêtements, linge, que reçoit une jeune fille qui se marie.

3. Petit sac contenant de l'argent.

Un salon de Paris en 1866.

Le langage des éventails

L'usage de l'éventail devient un véritable langage, qui vise à transmettre des messages aux hommes lors de la promenade, des bals ou des réunions mondaines. Le tenir dans la main droite face au visage signifie *Suivez-moi*. Le faire tournoyer dans la main gauche : *Nous sommes surveillés*. Le présenter fermé : *M'aimez-vous ?* Le poser sur les lèvres : *Embrassez-moi*. Le porter ouvert dans la main gauche : *Venez me parler*.

Illustration extraite du Petit courrier des dames (1855).

Portrait d'une dame, *illustration de C. Chaplin (XIXᵉ siècle).*

● LE TRAVAIL DE LA SILHOUETTE

Le corps de la femme est à la fois contraint et fortement érotisé. Le profond décolleté laisse voir la naissance des seins et le haut des épaules. Mais la mode victorienne[4], austère et très resserrée, restreint beaucoup les mouvements. C'est l'époque du corset[5] et de la crinoline[6], constituée d'une armature de cercles d'acier flexibles attachés à la taille, recouverte par un métrage considérable de tissu (jusqu'à quarante mètres de soie). Peu à peu, les vêtements vont s'uniformiser et libérer le corps de la femme qui portera des vêtements moins contraignants.

● LES ACCESSOIRES

Les accessoires sont indispensables. Les bottines vernies se multiplient, ainsi que les bijoux, le foulard, et la longue ceinture ornée. L'éventail est un élément indispensable. Pratique (avec la quantité de vêtements portés, la chaleur est vite étouffante), l'éventail joue un rôle considérable en soirée. Sous prétexte d'agiter l'air, il permet des gestes gracieux, laisse voir ce qui semble caché et cache ce qui paraît découvert. Il autorise des regards furtifs, des demi-mots chuchotés. Enfin, il incarne la touche finale de la toilette féminine : l'élégance des modèles et le choix des matières marquent le bon goût et la délicatesse du travail.

L'invention de la haute couture

Le fondateur de la haute couture est un Anglais, Charles Frédéric Worth, qui ouvre sa propre maison de confection à Paris. Devenu le couturier de l'impératrice Eugénie, il innove en présentant ses « modèles » sur des mannequins vivants (des sosies de personnalités connues). Les couturiers deviennent alors des créateurs, qui apposent leur marque, leur « griffe » à leur production.

---

4. La reine Victoria lance ainsi la mode de la robe de mariage blanche, la raie au milieu, les cheveux plaqués en bandeaux.

5. Sous-vêtement qui vise à affiner la taille.
6. À l'origine, l'étoffe était formée d'une trame de crin de cheval, d'où son nom de *crinoline.*

Comment s'habillent les ouvriers et les paysans ?

L'apparence des ouvriers dépend de leurs conditions de vie et celle des paysans de leurs régions, mais leurs vêtements vont peu à peu s'uniformiser.

● LES VÊTEMENTS, REFLET DES CONDITIONS DE VIE DIFFICILES

Les vêtements coûtent cher. C'est pourquoi, contrairement aux nobles et aux bourgeois, les hommes pauvres n'ont pas de chapeau mais une casquette ; les ouvrières et les paysannes ne portent pas de manteaux mais des écharpes noires qu'elles tricotent elles-mêmes. Leurs vêtements, souvent déjà usés par un autre, les distinguent des classes plus hautes. En outre, les ouvriers et les paysans ont deux apparences, celle liée à leur activité, et celle de leurs éventuels loisirs.

● LES PAYSANS

Si les paysans ont longtemps porté des vêtements différents selon les régions, ceux-ci se ressemblent de plus en plus en cédant devant les vêtements des ouvriers citadins. Après leur disparition, les costumes traditionnels suscitent une mode qui correspond à une nouvelle image de la paysannerie. Les paysans ne sont plus perçus comme des gueux dangereux, mais comme des individus paisibles, travailleurs, pourvus d'une culture authentique. Non seulement les costumes populaires, mais aussi les usages, les chants et les danses, sont décrits et valorisés.

● LES CITADINS

Dans la rue, on peut reconnaître la profession grâce au vêtement porté : la blouse pour l'ouvrier ou l'ouvrière,

Types d'ouvriers sous l'Empire.

l'habit noir pour le magistrat, le col pour l'employé. Leur activité impose aux ouvriers des vêtements solides, comme le paletot. Mais, après 1860, l'ouvrier ayant peu à peu accès à quelques loisirs, il s'endimanche, *se met en bourgeois*, pour sortir sans honte.

Enfin, si les ouvriers ont leurs signes de distinction (comme tout groupe social), certains vêtements pénètrent leur classe sociale, moyennant d'importantes modifications. Ainsi, grâce aux Expositions universelles, le châle se démocratise peu à peu, dans une version imprimée sur du coton, ce qui permet aux ouvrières et aux paysannes d'accéder enfin aux vêtements de couleur.

Les domestiques

La grande majorité des domestiques venait de la campagne et a ainsi contribué au brassage social. Située entre les ouvriers et les nobles ou les bourgeois, la position des domestiques est particulière. Alors que la mode des élites devient sobre, ils prennent le relais de l'excentricité, en arborant des livrées voyantes imposées par leurs maîtres.

Table des illustrations

Principe de maquette : Marie-Astrid Bailly & Sterenn Heudiard
Mise en pages : Facompo
Suivi éditorial : Raphaële Patout
Illustrations : Natacha Sicaud
Iconographie : Hatier Illustration

 Achevé d'imprimer par Grafica Veneta S.p.A. - Italie
Dépôt légal n. 94876 3/01 - Mars 2011